LE MAVZOLÉE,

TRAGICOMEDIE.

PAR

A. MARESCHAL

A PARIS,

Chez TOVSSAINCT QVINET, au Palais.
dans la petite Salle, sous la montée de la
Cour des Aydes.

M. DC. XLII.

AVEC PRIVILEGE DV ROY.

LE
MAVZOLEE
TRAGI-COMEDIE
PAR

A
MONSIEVR
DE
MONTAVRON.

ONSIEVR,

Iugez si ma temerité n'est pas extréme. Ie m'addresse au plus ri-
che, au plus magnifique, au plus liberal du monde ; pour luy
faire vn present; & encore d'vne Nature si étrange , que si auecque ces premieres qualitez, il n'auoit celles d'vn courage & d'vne
generosité sublime, ce seroit assez pour luy faire horreur, puis que
ie ne luy offre qu'vn Tombeau. Toutefois c'est le plus superbe
que l'Antiquité ait iamais veu , & qui ayant passé pour vne des
sept merueilles du Monde , & pour le reste le plus raisonnable
des siecles passez; ne pouuoit estre plus iustement addressé qu'à
la huitiéme, & à la veritable merueille de nôtre siecle. Ce seroit
offenser vôtre courage que de chercher des exemples & des per-
suasions dedans la meme Antiquité, pour le fortifier contre ce
qu'il y a d'horrible en ce present; & pensant l'adoucir à dessein

de vous le rendre agreable, ce feroit vous traiter de delicat, lors que ie n'ay deffein que de vous confiderer genereux. Que les Egyptiens, par vne coûtume mifterieufe, au milieu de leurs feftins & de leur réjoüiffance fiffent apporter vne téte de Mort, afin de fe la rendre familiere dans la joye : Qu'au plus haut fafte & au couronnement des Rois de Perfe elle leur fût mife en fpectacle, & que l'on ne les éueillât qu'au fon de ces paroles, (*Souuenez vous qu'il faut mourir.*) C'eft, Monfieur, ce qu'vn autre vous rapporteroit, pour vous rendre plus famillier vn don qui n'eft de dégoût qu'aux timides & aux delicats. Moy, ie vous traite bien plus dignement ; ie ne cherche point ces exemples fpecieux pour en couurir & dorer mon prefent, afin de le faire treuuer plus doux & plus agreable à vos mains : mais ie porte ouuertement à vos yeux, & prefente à vôtre courage les marques de celle qu'il n'a iamais crainte, & qui fait trembler tout le monde. Vous l'auez veuë en vos plus jeunes ans, ie ne diray pas fans effroy, mais pluftôt auec vne ardeur boüillante qui vous la faifoit chercher au milieu des rangs & des bataillons, lors que portant les armes pour le Roy, vous le feruiez en homme de vôtre naiffance & de vôtre condition. Ie ne vous reprefente tel en cét endroit, qu'en faueur de vôtre courage, & de ces fortes & brillantes qualitez, que couure maintenant vne occupation plus douce, mais non moins épineufe, vtile, & neceffaire au Roy & à l'Etat. Encore eft-ce bien moins pour vous loüer en l'vne & en l'autre profeffion ; puis que c'eft vn trop vafte champ pour vne lettre de fi petite étenduë, & qui ne pouroit contenir dedans fes iuftes bornes la moindre de ces rares vertus, qui vous rendent recommandable à fa Majefté autant qu'à fon Eminence, confiderable aux Princes & à tous les Grands de ce Royaume, vtile au Confeil & agreable aux Miniftres, enfin admirable à toute la France. C'eft donc feulement pour montrer à ceux qui n'ont pas fi bien que moy étudié vôtre vie, & qui n'en regardent & n'en admirent que l'éclat prefent, què ce que i'ay dit de vôtre courage ne va point au de à de vôtre profeffion, & que fi vous allez auiourd'huy à la gloire de Neftor, ce n'eft que fur les

pas d'Achylle. Qu'vn autre vous admire liberal, courtois, pru-
dent, adroit, pompeux, magnifique, & dans toutes ces vertus
plus douces, qui vous font aymer generalemēt & de l'vn & de l'autre sexe: ce n'est que comme genereux que ie vous considere icy,
pour vous faire sans frayeur & sans delicatesse accepter vn illustre Tombeau. Ne vous allarmez point, Monsieur: c'est le plus
digne present que ie pouuois faire à vn homme si digne; & ce
qui reste à desirer à celuy qui possede, & se doit voir continuer
dans le beau cours de ses longues années tous les tresors d'vne
glorieuse vie. Comme la vôtre est le plus bel objet des plus beaux
vœux: chacun l'admire; beaucoup de plumes l'ont loüée; & moy
ie la viens couronner: puis que ie luy presente ce qui dans sa fin ne
luy en promet point, & qui luy reserue vne durée eternelle. Enfin
c'est ce qu'attendent tant de grandes & de vertueuses actions, &
ce qui doit enfermer auec autant de respect que de magnificence,
V N, dont le nom ne doit point auoir d'autre Tombeau que tout
l'Vniuers. Voila le M A V Z O L E E que doit esperer vn si
grand N O M, & cét illustre N O M doit rendre ce M A V-
Z O L E E plus durable & plus merueilleux que l'autre, si vous
luy permettez l'honneur incomparable qu'il aura de le porter,
& à moy celuy de me dire,

M O N S I E V R,

Vôtre tres-humble & tres-affectionné seruiteur,
A. M A R E S C H A L.

AV MESME;
Luy dédiant le MAVZOLEE.
SONNET.

QVels miracles produit ta vertu non commune?
Ie pense, en te voyant si propice aux humains,
Que le Ciel a choisi tes liberales mains,
Et veut tout enrichir de ta seule fortune.

Tu reduits, MONTAVRON, mille vertus en vne;
Tes presens sont toûjours aussi nobles que saints;
Alexandre en fit mille, & mille furent vains;
Le Ciel rend par les tiens sa faueur oportune.

Qu'attendent tes bien-faicts? qu'attend ta pieté?
Quel autre prix attend ta generosité,
Qu'vn trône dans le Ciel, en terre vn Mauzolée?

Te fay-je pas vn don assez noble, assez beau,
S'il ne peut plus rester à ta vie immolée,
Pour te rendre Immortel, qu'vn illustre Tombeau.

A. MARESCHAL.

AV LECTEVR.

SANS t'entretenir plus particulierement de mes affaires, ou de cette prodigieuse nonchalance que i'ay euë à produire & faire connoître cette Piece, qui n'a pris son éclat par la Troupe Royale en son Hostel, que quatre ans aprés sa naissance; ie te diray que c'est la méme longueur ou paresse qui te la donne encore imprimée, prés de deux ans depuis qu'elle est sur le Theatre. Ie t'épargnerois méme ce discours, si ie ne la deuois iustifier de quelques incidents, que tu auras peut-estre leus presque pareils en d'autres Pieces; dont toutefois cette-cy n'a rien emprunté; puis qu'elle les a precedées sinon en l'impression, du moins en la representation, ou dessus le papier, & qu'elle se peut preualoir du droict d'aisnesse. En ces matieres, celuy de la nouueauté luy estant preferable, ce n'est pas vn grand trait de vanité de disputer de l'âge; & si ce n'est pour les successions, il n'est point de beauté qui ne cede facilement le nom de vieille, & qui ne perde auecque ioye vn auantage si sterile, & vne richesse incommode comme celle des années. Voicy donc vne Vieille qui pretend encore d'estre belle, sous des traits assez agreables & nouueaux, puis que d'autres plus ieunes les ont affectez, & n'ont pas feint de les accommoder à leur ieunesse, & de se les approprier. Traite la comme telle, cher Lecteur; & considere que tu luy dois quelque sorte de respect, si tu peux luy refuser de l'amour. Ly ses deffauts d'vn esprit de douceur & de pardon, afin seulement de les excuser; & pour étendre ta grace encore plus loin, ly les fautes qui suiuent afin de les corriger.

Fautes suruenuës en l'impression.

Page 31. à flame, l. à ma flame. 39. nieray., l. niïray. 40. entre, l. entré. 48. chasse. l. chassé. 61. suiueray, l. suiuray. 62. treuue, l. treuuer. 82. mon, l. nos. 85. sacrificray, l. sacrifi'ray. 127. armes, l. ames.

LES PERSONNAGES.

ARTEMISE,	Reine de Carie.
DORALIE,	Sa Fille.
HYPERIE,	Esclaue, Confidente.
CENOMANT,	Roy, Amant de Doralie.
ALCANDRE,	General d'armée d'Artemise.
CEOBANTE,	Prince de Lycie, Neueu d'Artemise.
TYRENE,	Lieutenant d'Alcandre.
LYZIDAN,	Capitaine Lycien.
GARDES,	Et suite d'Alcandre.
ECHANSON,	De la Reine.

La Scene est dans le Mauzolée, en Carie.

LE

LE MAVZOLEE,

TRAGICOMEDIE.

ACTE I.

SCENE PREMIERE.

ARTEMISE, CEOBANTE, DORALIE,
L'ECHANSON, HYPERIE.

ARTEMISE.

A ME de l'vniuers, pere de la lumiere,
Bel Astre, qui poursuis ta route coûtu-
miere,
Oses-tu bien porter l'éclat de ton flambeau
A trauers cette nuict & l'horreur d'vn Tombeau?
Ce Temple de la Mort, ce dueil, ces voutes sombres,
Et tout ce noir Palais n'est destiné qu'aux Ombres;

La toile estant
ouuerte, sur la-
quelle est re-
presentée en
perspectiue la
pyramide du
Mauzolée; on
découurira le
dedans du Mo-
nument, au mi-
lieu duquel se-
ra éleué vn su-
perbe Tom-
beau, & au
dessus vne peti-
te vrne de ver-
re où sont les
cendres de
Mauzole.

A

2 LE MAVZOLEE,

Puis-ie souffrir ta flame en ce lieu languissant?
Où mon Soleil est mort voir vn Soleil naissant?
Va d'vn premier rayon saluër les montagnes,
Mire toy dans les eaux, & dore les campagnes:
Par quel droict oses-tu, Prince de la clarté,
Violer vn Sepulchre, & cette obscurité?
Tu ne dois éclairer que l'air, la terre, & l'onde;
Moy, dans cet autre Enfer, ie me croy hors du monde:
Tu luis pour les Viuants, & la Mort seulement
Sur vn trône de fer regne en ce Monument:
Ie ne suis plus au Monde, & i'en voy trop de marques,
La nuict seule est mon iour, & mes Dieux sont les
   Parques,
Ie vy comme aux Enfers, i'ay les mesmes ennuis
Et i'en ressents la peine au moins si ie n'y suis.

CEOBANTE.

Iugez depuis quel temps cette tristesse dure;
Vous voyant endurer certes Mauzole endure,
Apres douze ans de dueïl il condamne vos pleurs;
Il cherit Artemise, & non pas ses douleurs,
Il voit de vôtre amour le memorable exemple;
Tout l'Vniuers en parle, & parle de ce Temple;
Ce Temple qui le fait vaincre qui la vaincu,
Viure eternellement pour auoir peu vécu;
Pour estre plaint ainsi la mort seroit enuie;
Son trépas est plus beau que la plus belle vie;
Vn mesme sort luy plaît, & luy déplaît aussi,

TRAGICOMEDIE 3

De voir par tout sa gloire, & qu'on le pleure icy.

ARTEMISE.

Pour vn si digne objét la douleur est charmante,
Ie suis triste toûjours, comme toûjours Amante,
Et pour mettre sa cendre en vn viuant Tombeau
Ie luy fay de mon corps vn monument plus beau. * Elle prend
Froide cendre, aliment de la plus viue flame   l'vrne où sont
Qu'vn sainct amour iamais alluma dans vne ame; les cendres de
Noble tresor de poudre, & reliques d'vn Roy   son mary Mau-
Qui témoignez mon dueil, mon amour, & ma foy; zóle.
Funeste don du sort, triste & cher sacrifice,
De mon cœur languissant & poison & delice,
Par qui mesme la Mort ne nous peut desunir,
Qui, fin de nôtre amour, serts à l'entretenir,   * Elle versa
Voy, Cendre, voy couler mes larmes continuës, quelque peu
Voy croître ce torrent lors que tu diminuës: de cendre dans
En memoire d'vn Roy, pour r'allumer mes feux, vne coüpe que
Prenons, mon cœur, prenons ce breuuage amoureux; tient son E-
C'est ta cendre, Mauzole, & c'est ma nouriture; chanson.
Ie te possede mort, & malgré la Nature: * Elle prend
Mon sexe, apprends d'amour vn mistere inoüy, la coupe que
Voy baiser vn Epoux, voy comme i'en ioüy. son Echanson
luy presente,
où est la cen-
dre de Mau-
zole détrem-
pée dans du
vin.

CEOBANTE.   (tandis qu'elle boit.)

Ioüissance, qui n'a que le dueil pour tous charmes,
Que la mort pour objét, & pour fruict que des larmes.

A ij

4 LE MAVSOLEE,

ARTEMISE. (Ayant beu)

Nouueau Nectar d'amour ! agreable liqueur !

ECHANSON.

Quel Nectar ? vn poison froid , pesant sur le cœur ?

HYPERIE.

Qu'elle luy donne encor le doux nom d'Ambrosie ,
C'est vne étrange soif qu'ainsi l'on rassasie.

ARTEMISE. (endant la coupe à l'Echanson , & remettant l'vrne sur le Tombeau.)

Repose , chere Cendre , en moy comme en ce lieu ;
Deux Autels sont dressez , mais pour vn meme Dieu ;
Conserue ce depost , ô Monument insigne ,
Que ie doy mettre encor dans vn Tombeau plus digne :
Sacrifice amoureux , renouuellé souuent ,
Où i'adore vn Dieu mort , dont l'Autel est viuant ,
Où renaît de sa cendre vn feu vif qui m'anime ,
Où le Dieu mesme offert est sa propre victime :
Transports , ouy , poursuiuez ; il est Dieu , ie le croy ,
Puis que i'en sents déja la force dedans moy ,
C'est dans mon sang qu'il parle , & qu'il se fait entēdre ;
Quels feux , & quelle ardeur de cette froide cendre ?
C'est luy qui m'encourage , & m'enflame les sens ,
Il inspire en mon cœur des mouuemens puissans ,
Et réueille les feux de cette humeur guerriere
Qui me faisoit marcher aux combats la premiere.

TRAGICOMEDIE. 5

CEOBANTE.

Quelle honte en effet de nous voir aßiegez
Par ceux que le deſtin ſous vos loix a rangez?
Ces lâches Rhodyens , & cette populace,
Dont l'orgüeil oſe bien attaquer cette Place,
Sont-ce pas vos Vaincus , qui dans Rhode autrefois
Ont vu vos étandars , & plié ſous vos loix ?
Qui vous payoient tribut , qui vous ont implorée,
D'vne Statuë à Rhode & d'encens honorée ?
De qui la flotte auſſi fut défaite en vos ports,
Et qui vous ont connuë inuincible dehors ?
Qu'auiourd'huy ie vous voy d'humeur bien differente !
Vous triomphiez alors , vous eſtiez Conquerante ;
Et Xerxes , qui luy-meſme admiroit vos exploits,
Qui parmy ſes ſoldats contoit plus de cent Roys,
Pour ſon digne ſegond , (quelle gloire ! Madame ;)
Entre tant de Heros ne contoit qu'vne Femme ;
Et c'eſtoit Artemiſe , ouy , Reine , c'eſtoit vous,
Dont ſi ſouuent l'Aſie à reſſenty les coups :
Mauzole déja mort n'empechoit pas vos armes,
Le ſang des Rhodyens vous tenoit lieu de larmes,
Vous le pleuriez en Reyne , & genereuſement,
Bien mieux dans les combats que dans ce monument;
On l'attaque auiurd'huy ; ſongez à le defendre.

ARTEMISE.

Pour garder ſon Tombeau , ie ne veux que ſa cendre

Ceobante, elle inspire vn surcroît de vertu,
Et semble releuer mon courage abbatu.

CEOBANTE.

De vray, si nous voyons l'Ennemy qui nous presse,
C'est moins par sa valeur que par vôtre tristesse,
Vos pleurs & vôtre dueil font languir nos soldats;
Vôtre ennuy les deffait pluftôt que les combats;
Madame, soûtenez leur courage qui tombe,
Venez garder ce Fort & non pas vne Tombe,
Vôtre aspect seulement les peut tous animer;
C'est trop estre inuisible, & trop se renfermer:
L'Ennemy tous les iours gagne terre, & s'approche,
Il s'est logé par force au pied de cette roche;
Nos dehors font gagnez, nos forts abandonnez,
Nos fossez font remplis, nos murs enuironnez,
Nous sommes assiegez & renfermez de sorte
Qu'à peine auons-nous libre vn pas deuant la porte;
Et ce qui plus encore afflige mes esprits,
On tient Halycarnasse & ses deux ports font pris;
Nostre armée en ce lieu languit comme inutile;
Deuions-nous pour ce Fort abandonner la Ville?

ARTEMISE.

Ouy, le Royaume entier; & ie l'aurois perdu
Pluftôt que ce Tombeau qu'Alcandre a deffendu;
C'est icy mon tresor, mon sceptre, & pour tout dire
Ie garde cette cendre, & c'est plusqu'vn Empire.

DORALIE.

Auec elle, Madame, encore gardez-moy,
Gardez tant de Sujets qui vous gardent leur foy.

ARTEMISE.

Ma Fille, en ce mal-heur que veut-on que ie faſſe ?
Que i'implore vn Tyran, & recherche ſa grace ?
Vn Roy, qui contre nous s'eſt joint aux Rhodyens ;
Qui détruit nôtre Eſtat, qui detient tous nos biens ?
Et qu'aprés tant d'outrage & tant de violence,
Pour mon dernier mal-heur i'entre en ſon alliance ?
Le voulez-vous, ma Fille, & ſerez-vous ſon prix ?
Prendrez-vous pour Epoux vn qui nous a tout pris ?
Cét Ennemy qui tient la Carie allarmée
Vous recherche, il eſt vray ; comment ? à main armée,
Et vous pourriez l'aymer ?

DORALIE.

   Non pas , mais ie le crains.

ARTEMISE.

Ie le hay plus encore, & ſes efforts ſont vains.
Le ſecours de Lycie aprés tout nous r'aſſure ;
Alcandre & mon Neueu vangeront nôtre injure.

CEOBANTE.

Repoſez-vous ſur luy, repoſez-vous ſur moy,
Tout jeune que ie ſuis....

ARTEMISE. *(Voyant venir Alcandre.)*

C'est assez ; ie le voy.

CEOBANTE.

Ie suiuray la valeur peinte sur son visage.

ARTEMISE.

I'y ly de quelque trouble vn sinistre presage ;
Armons-nous de constance, ô mon cœur, s'il le faut.

SCENE II.

ALCANDRE, CEOBANTE, ARTEMISE, DORALIE, HYPERIE, L'ECHANSON.

ALCANDRE.

Madame, l'Ennemy prepare vn grand assaut ;
Tous filent hors du camp : déja nos sentinelles
Découurent les drappeaux, les armes, les échelles :
L'air resonne du bruit & des cris des soldats,
La terre en est chargée, & tremble sous leurs pas :
Ils viennent sous l'espoir de forcer nos murailles.

CEOBANTE.

Ou iusqu'en nos fossez chercher leurs funerailles.

Bordons

Bordons nos murs, Alcandre, & laissons-les venir.

ALCANDRE.

Ouy, Prince, nos soldats sont prests à soûtenir ;
L'ordre est donné par tout : Comme troupes tres-fortes
J'ay mis vos Lyciens à la garde des portes ;
D'autres sur les remparts, afin de renforcer
Le costé d'où l'on voit l'Ennemy s'auancer,
Qui couure fierement les champs d'Halycarnasse,
Et qui semble en marchant déja qu'il nous menasse.

ARTEMISE.

Ah ! que mon cœur outré s'enflame à ce raport ?
Mais sommes-nous, Alcandre, asseurez dans ce Fort ?

ALCANDRE.

Autant que dans le Ciel ; repensez, grande Reine,
Qu'vne double courtine énuisage la plaine ,
Qu'à l'endroit où nos murs peuuent estre attaquez,
Pour defense ils font voir deux bastions flanquez,
Qui semblent deffier les machines de guerre,
Chercher en haut le Ciel, & l'Enfer en la terre,
Dont la pointe s'étend, & regorge au dehors,
Bat le long des fossez, & commande nos bords :
Et c'est où Cenomant presse & bat dauantage,
S'obstine à faire bréche, & trouuer vn passage.
La nature du lieu defend l'autre costé,
Qu'on diroit à le voir , dans la roche planté,

Lieu hors de batterie, & lieu hors d'escalade,
Qui lasseroit la foudre, & les bras d'Encelade;
C'est l'endroit le plus fort que iamais on ait veu;
Ie le tiens presque aussi de soldats dépourueu.

ARTEMISE.

Laissez-vous dégarnie ainsi la fausse porte?

DORALIE   (bas & à côté)

Pourquoy sur vn tel lieu s'arrester de la sorte?
Sçauroient-ils mon dessein ? il les faut écouter.

ALCANDRE.

C'est iusqu'où l'Ennemy ne sçauroit pas monter:
Vn sentier bas, étroit, taillé dedans la roche,
Qu'vn seul de front remplit, n'en permet pas l'approche;
Cette porte inconnuë, & couuerte à l'entour,
Bouche vn caueau perdu dans le fonds d'vne Tour;
A moins que de voler où l'on ne peut attaindre,
Où l'on ne peut rien faire, où l'on ne doit rien craindre:
Madame, de ce soin reposez-vous sur moy.

DORALIE.   (bas)

Ils n'ont rien découuert; enfin ie le connoy.

ARTEMISE.

I'espere tout des Dieux, & de vôtre assistance;
Alcandre, vos trauaux auront leur recompense.

Voyez à quel excez, & de haine & d'horreur
Contre vn Roy si cruel me porte ma fureur ;
Ie vous donne vn Royaume, & donnez-moy sa teste;
Vous ferez d'vn seul coup vne double conqueste;
Doralie est à vous.

ALCANDRE

       Quel charme à mes esprits!

ARTEMISE.

Ie vous promets ma Fille, ouy ; sauuez vôtre prix.

CEOBANTE.

Il l'aymoit dés long-temps ; & n'osoit y pretendre.

ALCANDRE.

Sous vn espoir si grand que ne puis-je entreprendre?
Madame, donnez-moy mille Rois à domter,
Mille Alcides nouueaux; i'yray les affronter;
Qu'est-il que ie ne range aux loix de mon courage?
Cenomant contre vn roc vient chercher son naufrage:
Auançons le dessein de ce Roy furieux,
Allons donc l'attaquer pour nous defendre mieux,
Et faisant de nos corps la premiere muraille
Obligeons-le au combat, auant qu'il nous assaille;
C'est trop long-temps icy demeurer enfermez,
Ceobante, sortons de nos murs allarmez;

Preuenir l'Ennemy, c'est presque le surprendre.

CEOBANTE.

Ils s'en vont. *I'appreuue ce conseil: allons donc, braue Alcandre.*

DORALIE.   (demeurant seule sur le theatre.)

Que cet assaut me donne vn bien plus grand soucy!
Laisse sortir la Reine, & songe à tout cecy.

SCENE III.

DORALIE.   (seule)

A Quelle extremité me treuue-je reduite;
Ie crains de Cenomant la cruelle poursuite,
Et pour me deliurer des mains de Cenomant
On m'expose pour prix aux vœux d'vn autre Amant,
Ie suis de l'vn des deux l'infaillible victime;
Et ie puis appreuuer ce choix illegitime;
Doralie est à vous? Alcandre; & qu'estes-vous?
Indigne de ce rang, & d'estre mon Epoux:
Ie connoy vos vertus, ie sçay vostre vaillance;
Et i'honore vos faits de quelque bienueillance;
Vostre bras, de l'Estat est le plus ferme appuy:
Mais pour l'auoir seruy, quoy? doit-il estre à luy?
Vous n'estes que sujet, ie seray Souueraine;
Quoy? i'aurois pour Epoux qui doit m'auoir pour Reine

Qui me doit obeir me feroit donc la loy?
Et qui me doit seruir enfin seroit mon Roy?
Sçachez qu'vn vain espoir vous flatte, & m'importune,
Que le Ciel fait les Rois, & non pas la Fortune ;
Que si ma Mere vsant de son authorité
Peut beaucoup dessus moy, ie puis de mon côté ;
Qu'au choix de deux Maris, lequel qu'on me fist prĕdre,
Ie hay trop Cenomant, & n'ayme pas Alcandre.
Donc, pour me deliurer d'vn sort si rigoureux,
Perdons deux Ennemis sous le nom d'amoureux,
Etouffons ces deux vents, qui forment la tempeste ;
Ce Roy presse le plus ; commençons par sa teste ;
Luy-mesme par amour la veut mettre en mes mains ;
Suy, mon cœur, mes transports, quoy qu'ils soient inhu-
Mais voicy Lyzidan.   *(mains.*

SCENE IIII.

DORALIE, LYZIDAN.

DORALIE.

E T bien, l'heure s'approche.

LYZIDAN.

Madame, dix soldats tenus icy tout proche,

Et qui n'attendent plus que vos commandemens,
Content iufqu'à l'employ déja tous les moments;
Ie les ay tous laiffez, refolus de bien faire ;
Quant à moy, ie fuis preft de commencer l'affaire.

DORALIE.

Qu'ils ne fe montrent pas qu'on ne leur ait enjoint.

LYZIDAN.

Ils fuiuront fans faillir l'ordre de poinct en poinct:
Mais, Madame, en ce coup, de peur de nous méprendre,
Figurez-moy celuy que nous deuons attendre.

DORALIE.

Vn mot te l'apprendra: Connois-tu Cenomant ?

LYZIDAN.

Le Monarque de Crete ?

DORALIE.

Ouy.

LYZIDAN.

Quel euenement!

Celuy qui nous affiege ? eft-ce luy ?

DORALIE.

C'eft luy-mefme.

LYZIDAN.

Pourquoy vient-il icy?

DORALIE.

Pour témoigner qu'il m'ayme.

LYZIDAN.

O d'vn effet cruel doux sujét!

DORALIE.

Que dis-tu?

LYZIDAN.

Que ie hay Cenomant, que i'ayme sa vertu.

DORALIE.

Vertu? des cruautez d'éternelle memoire?
Faut-il, pour t'animer, t'en raconter l'histoire?
Apprends que Cenomant, aprés Mauzole mort,
Dont ma Mere en ce lieu pleure le triste sort,
Ialoux de tant d'honneur qu'elle auoit à la guerre
Acquis auec Xerxes aux deux bouts de la Terre,
Ou peut-estre enuieux d'vn Sceptre & de nos biens
Les voulut partager auec les Rhodyens;
De son authorité, sans couleur & sans titre
Il prend leurs differens, dont il se fait l'arbitre:
Ce peuple contre nous estoit lors mutiné:

Cenomant qui nourit leur courage obstiné
Leur enuoye vne flotte, & croyant nous détruire
La fait iusqu'en nos ports sous Pharnace conduire,
Artemise, qui veut deceuoir leur effort,
Retire ses vaisseaux, laisse libre le port,
Et dans vn plus petit tient sa flotte equippée:
L'Ennemy prend le port, & sans tirer l'épée;
Il entre sur les cris du soldat étonné
Dans la Ville, où deja cét ordre estoit donné,
Qu'au signal qu'on mettroit dessus Halycarnasse
File à file en entrant sur eux on fist main basse;
Alcandre suiuit l'ordre, & nagea dans leur sang:
Le soldat fuit en foule, & ne tient plus de rang;
Effrayez, bien blessez, des dernieres cohortes
Les plus promts vont au port, & regagnent les portes:
Mais se croyant sauuer à l'abry des vaisseaux,
Vn carnage plus grand se fait dessus les eaux;
La Reine auoit déja par vn courage extréme
Saisi toute leur flotte.

LYZIDAN.

   O Dieux! quel stratagéme!
I'estois lors loin d'cy, ce recit m'est nouueau.

DORALIE.

Le carnage appaisé dans la Ville & sur l'eau,
Et tenant en ses mains leur General Pharnace
La Reine prend leur flotte, & part d'Halycarnace,

Elle

Elle volē vers Rhode auec tous ses soldats,
Et la gagne d'abord sans siege, & sans combats.

LYZIDAN.

Comment?

DORALIE.

Ecoute icy le plus beau trait du monde.
Cette flotte paroît triomphante sur l'onde;
Rhode qui la connoit la saluë au retour,
N'entend que cris de ioye éclatter à l'entour,
Et voit flotter au vent, d'vne ioye indiscrete,
Ses propres étandars auecque ceux de Crete;
Pharnace sur la pouppe, & cent Chefs prisonniers
Venoient comme en triomphe, & couuerts de lauriers:
Tout le Peuple exaltoit leur conquéte apparente;
Mais la seule Artemise estoit la Conquerante;
Elle entra dedans Rhode en ce superbe train,
Et & la mit sous le joug d'vn pouuoir souuerain;
Sa douceur est extréme autant que son addresse:
Pharnace est deliuré, le Peuple la caresse;
Rhode receoit ses loix, l'egale aux Immortels,
Luy dresse vne Statuë, ou plustôt des Autels;
Elle emporta tribut de cette Republique.
Cenomant souffre vn temps cés affront qui le pique;
Mais comme il est hardy, promt, jeune, & valeureux,
Ne pouuant oublier vn sort, si mal-heureux,
Dessous vn simple habit sa qualité voilée,

C

Il vint en inconnu dedans le Mauzolée ;
Ce n'estoit que pour voir les forces & les lieux ;
Et mon mal-heur voulut qu'il vist aussi mes yeux ;
Quelque peu de beauté qui soit en mon visage,
Il feint d'en estre épris, il mét tout en vsage ;
Retourne, prie, écrit, declare son amour
Par des Ambassadeurs qu'il enuoye à la Cour.
Artemise indignée, & qui craint quelque ruse
D'vn Ennemy iuré qui s'offre, le refuse ;
Ce refus quoy que iuste attire son couroux,
Et fait voir les desseins qu'il cachoit contre nous ;
Il arme, & pour pretexte à son iniuste enuie
Ligue, soûleue, & veut vanger Rhode asseruie ;
Pharnace à bras ouuerts le reçoit, & le suit ;
La Carie est en proye, on assiege, on détruit,
On pille, on tuë, on brûle, & pour derniere place
Nous nous jettons icy, quittant Halycarnace
Que nous auons veu prendre & piller à nos yeux ;
On abbat nos Autels, on renuerse nos Dieux,
On voit luire par tout & le fer, & la flame :
Te diray-je le reste ?

LYZIDAN.

Ah ! ie le sçay, Madame ;
Mais venu depuis peu de Lycie en ce Fort
I'ignorois le sujét d'vn si cruel effort.

DORALIE.

Ce Barbare auiourd'huy me traite de Maîtresse ,

Veut me voir en ce lieu, m'en conjure, m'en preſſe,
M'en écrit à toute heure; & c'eſt où ie l'attends,
Pour terminer d'vn coup tant de ſoins importans.

LYZIDAN.

Vous en écrit? comment?

DORALIE.

L'inuention eſt telle;
Vn de nos Eſpions hors de la Citadelle,
Et ſurpris dans le Camp ſur quelques factions,
Receut de luy la vie à ces conditions
De ne faire tenir ſes lettres en main ſure.

LYZIDAN.

Mais comment faire entrer ce Roy? quelle auanture!

DORALIE.

Par la porte cachée au deſſous de la Tour;
Ce iour doit ſignaler ma haine, ou ſon amour:
Puis que tout eſt contraire, & ma Mere obſtinée,
Ie veux mettre la main à nôtre deſtinée;
Et puis que Cenomant vient ſeul dedans ce Fort,
Il conclura la paix, ou ie conclus ſa mort.

LYZIDAN.

Mais il faudroit au moins en auertir la Reyne.

DORALIE.

Pour le voir & l'oüir elle l'a trop en haine ;
Son grand cœur, qui fuiroit & l'vn & l'autre effect,
Souffrira mieux le coup , aprés qu'il sera fait.

LYZIDAN.

Alcandre ?

DORALIE.

       Encore moins ; son interest l'engage ;
Moy , qui luy suis promise , & pour prix & pour gage,
S'il mét entre nos mains la teste de ce Roy,
Ie veux le preuenant ne la deuoir qu'à moy.

LYZIDAN.

Ce dessein est hardy.

DORALIE.

        Le sien est temeraire ;
Ie n'écoute deuoir , loy , ni raison contraire.

LYZIDAN.

Ni moy d'autres non plus que de vous obeir ;
Tenez ce Roy pour mort , chacun le doit hair ;
Me voila prest , Madame , & ie jure sa perte.

DORALIE.

Va donc dans le Caueau tenir la porte ouuerte ;

Et conduy le toy seul icy secrettement ;
Aprés, que tout soit prest au premier mandement,
De crainte de laisser vne proye échappée ;
Mais sur tout en entrant demande luy l'épée,
Dy luy que c'est ton ordre, & qu'ainsi ie l'entends :
Va, ne t'informe plus, rends mes desirs contents.

LYZIDAN.

Sous vôtre authorité i'ose donc l'entreprendre.

DORALIE.

Elle te fait agir, & te sçaura deffendre :
L'assaut tient autre part nos soldats empressez ;
Il est temps ; ne crains rien ; tu me serts : c'est assez.

LYZIDAN.

I'obey sans replique, & l'ameine sur l'heure.   *Il s'en va.*

SCENE V.

DORALIE.   (seule.)

Voicy pour nous vanger la façon la meilleure,
Faisons vn coup celebre, & contre Cenomant,
Qui d'Ennemy mortel feint d'estre mon Amant :
Pourquoy feindre, & se perdre entrant dans cette place

Pourquoy secrettement demander cette grace ?
Il m'ayme, s'il y vient : Mais quelle affection
Sa main seroit contraire à son intention ;
Sa haine est apparente, & son amour couuerte ;
Qu'il tende à m'acquerir, ie ne tends qu'à sa perte :
Ie l'attire, il est vray, par vn perfide appas ;
Mais luy-mesme s'y jette, & cherche son trépas :
On doit sur l'Ennemy prendre tout auantage,
Et si ie suis cruelle, il le fut dauantage ;
Puis que sa teste enfin peut finir nôtre ennuy,
Par elle sauuons nous & d'Alcandre, & de luy.

Fin du premier Acte.

ACTE II.
SCENE PREMIERE.

HYPERIE, DORALIE.

HYPERIE.

Doralie vient
au theatre par
vn côté, &
Hyperie par
l'autre.

Adame icy tout prés Lyzidan Capitaine
Attend pour vous offrir vn Captif qu'il
   ameine.

DORALIE.

Fay les entrer.

HYPERIE.

I'y vay.

DORALIE.   *(seule.)*

         C'est le Roy Cenomant :
Preparons ma vengeance, en voicy le moment ;
Ouy, vangeons par son sang tant de peines souffertes,
Le sang de nos Sujets, & nos Dieux, & nos pertes ;
L'honneur & la raison appreuuent mon dessein ;
Ie porteray le fer la premiere en son sein :
Suiuons dans ce transport la fureur qui m'anime :

Puis que mon Ennemy s'offre à moy pour victime,
Qu'il meure, il doit perir. Courage ; le voicy.

SCENE II.

CENOMANT, LYZIDAN, DORALIE.

CENOMANT.

Au bout de la sale, donnant son épée à Lyzidan.

PRends la donc, mon Amy, puis qu'on l'ordonne ainsi

LYZIDAN. (Ayant l'épée.)

Vous pouuez auancer.

DORALIE.

Dieux ! que ie suis timide !
Tout desarmé qu'il est ie crains ce jeune Alcide.
Esclaue, éloignez-vous. Lyzidan, écoutez.

HYPERIE. (En se retirant.)

Quel mistere ! ie voy tous ses sens agitez.

DORALIE. (Ayant parlé à l'oreille à Lyzidan.)

Retirez vous, tenez la main à l'entreprise.

CENO:

CENOMANT.

O Dieux! à cét abord que mon ame est surprise!
Madame, permettez qu'à vos pieds prosterné
Ie vous presente vn cœur qui vous est destiné;
Et qu'au lieu d'excuser vne faute si belle,
Ie proteste à vos yeux de la rendre eternelle:
C'est le desir qui porte vn Ichare en ces lieux,
Qui cherche par sa cheute vn tombeau glorieux,
Qui méprise la mort, & vôtre couroux mesme:
Aprés vous auoir dit seulement (Ie vous ayme.)
Apprenez mon amour, & vous offensez,
Ecoutez mes soupirs, & puis les punissez;
Ie n'attends de pardon, quoy que mon amour fasse,
Et i'estime bien plus le crime que la grace;
Vôtre presence rend mon courage affermy;
Voyez moy comme Amant, & puis comme Ennemy.
Comme Amant: Il est vray, ie suis vn jeune Prince,
Qui laissay pour vous voir les soins de ma Prouince;
Qui pour iuger d'vn bien qu'on m'auoit tant prisé
Vins dans le Mauzolée en habit déguisé;
Qui piqué d'vn refus, & rauy de vos charmes
Voulus vous acquerir par la force des armes;
Qui n'ay pris ce pays, ny donné tant de coups,
Que pour vous voir, Madame, & mourir deuant vous;
Qui content d'auoir pû par vne force extréme
Vous perdre dans ce lieu, m'y viens perdre moy-mesme,
Ouy, tant d'efforts cruels ont precedé ce iour.

D

Que ce coup seul pouuoit témoigner mon amour:
Cette amour par écrit vous a solicitée
De receuoir ma teste en ces lieux apportée ;
Cette amour vous presente vn cœur tout embrasé,
Pour le punir du mal que ie vous ay causé,
Non pas comme Ennemy, mais comme temeraire
D'oser bien vous aymer, & ne pouuoir vous plaire.

DORALIE.   *(Se tournant de l'autre côté.)*

M'aymer ? qu'en croirons-nous ? qu'en dites-vous, mes
sens ?
L'agreable Ennemy ! qu'il a d'attrais puissans !
Est-ce-la ce Cruel, ce Monstre, ce Barbare ?

CENOMANT.

Vous consultez ma mort ; & bien, ie m'y prepare:
Frappez, i'attends le coup ; percez ouurez ce cœur,
Vous n'y lirez qu'amour, que flame, & que langueur:
Pour déclarer mes vœux mon cœur sera ma bouche.

DORALIE.

Tyran. Que dy-je ? helas ! que son discours me touche !!
Cruel ! est-ce estre Amant de nous poursuiure ainsi ?

CENOMANT.

N'est-ce pas l'estre trop de m'exposer icy
Seul, chez mes Ennemis, suppliant, & sans armes ?
Qui pouuoit m'y porter, que l'amour & vos charmes ?

Ah! Madame, voyez comme aprés tant de coups
J'ay voulu vous gagner, mais ce n'est qu'à genoux;
Cette soûmißion est toute ma victoire,
Et mourir à vos pieds sera toute ma gloire.

DORALIE.

Leuez vous.

CENOMANT.

Tuez moy.

DORALIE.

Ie ne puis.

CENOMANT.

Il le faut;
Faites de cette salle vn sanglant échaffaut:
Refusez-vous mon sang? refusez-vous ma vie?
Cette Cane a dequoy contenter mon enuie;
Seruons nous.....

DORALIE. (L'arrestant, & tirant par le bout sa cane, dont il se veut fraper, il en sort vn poignard qui luy demeure en main.

Arrestez.

CENOMANT.

Seruons nous en, ma main.

D ij

DORALIE.

O Dieux !

CENOMANT.

Voila le fer ; frappez ; voicy le sein.

DORALIE.

Ah ! que tiens-je ? vn poignard que ſa Cane recele.

CENOMANT.

Cachez le mieux icy.

DORALIE.

Seray-je ſi cruelle ?

CENOMANT.

Non, vous ſerez ſenſible, & iuſte ſeulement.

DORALIE.

Meurtrir vn Roy ?

CENOMANT.

Punir vn temeraire Amant :
Mais le nom eſt trop doux d'vn Amant temeraire ;
Perdez vn Ennemy qui vous fut ſi contraire ;
Et pour m'accorder mieux ce trépas merité
Voyez moy, voyez moy comme vn Prince irrité,

Qui porte en vos pays & le fer, & la flame.

DORALIE.

N'acheuez pas; ô Dieux! que fents-je dans mon ame ?

CENOMANT.

Cette fureur qu'inspire vn vif ressentiment,
Ecoutez le, Madame, écoutez Cenomant,
Que i'instruise à ce coup vôtre vangeance armée,
Et soyez contre moy par moy-mesme animée :
C'est moy, qui pour troubler vos Etats & vos biens,
Ay fait ligue deux fois auec les Rhodyens ;
C'est moy, qui réueillay leur premiere querelle,
Qui pourfuis vôtre Mere, & les arme contre elle.

DORALIE.

Dieux ! qu'il est genereux de s'accufer ainfi !
Plus il me veut aigrir, & plus ie m'adoucy,
Ie le treuue innocent quand il se fait coupable.

CENOMANT.

Pour gagner vos faueurs ie m'en rends incapable :
Ouy, i'ay fait tout ce mal, comme Ennemy iuré ;
Mais ie l'ay, comme Amant, le premier enduré.

DORALIE.

Voila ce qui me perd, voila ce qui m'oblige,
Qui me rend redeuable à celuy qui m'afflige :

Que i'ay sur mesme fait vn diuers sentiment!
I'accuse l'Ennemy, mais i'excuse l'Amant;
Ah! que feray-je?

CENOMANT.

Vn coup & iuste & necessaire;
Frappez, tuez l'Amant.

DORALIE.

Non.

CENOMANT.

Tuez l'Auersaire.

DORALIE.

Vous me tuez moy-mesme en ces nobles combats:
Elle jette bas le poignard. *Va, fer; i'en sents les coups.*

CENOMANT.

Et vous n'en faites pas?

DORALIE.

Ces deux vers bas. *Quoy? ie pourois, barbare, offencer qui m'adore,*
Hair qui m'ayme tant, & perdre qui m'implore?
Ah! mon cœur en dit trop, & vient de me trahir;
Il n'ose encore aymer, & ne peut plus hair.

CENOMANT.

Faut-il qu'en ma faueur la pitié vous surmonte?

Que j'ajoûte à mon crime vne si noble honte?

DORALIE.

Qu'il m'eust bien mieux vallu de ne vous voir iamais.

CENOMANT.

I'ay cherché les combats, pour y treuuer la paix,
C'est pour vous meriter que i'ay fait cette guerre,
L'Amour, & non pas moy, desole cette terre;
Et i'atteste le Ciel, qu'en ce cruel dessein
Mes coups mes propres coups retournent dans mon sein,
Ie poursuy vos soldats, & lors que ie les blesse
I'accuse mon courage autant que leur foiblesse,
Ie crains ma propre force, & doute en ce mal-heur
Lequel m'est plus contraire ou mon bras, ou le leur,
I'ay pitié de leur sang alors que ie le tire,
Et ma victoire mesme augmenté mon martire,
Le mal que ie leur fay, me punit doublement;
Mon cœur n'est pas cruel, ma main l'est seulement;
Helas! ie les attaque, & les voudrois deffendre.
Mais puis que ie ne puis autrement vous pretendre,
Que pour vous acquerir il faut vous ruiner,
Rauir de force un bien qu'on me deuroit donner;
Pardonnez, Doralie, à flame innocente
Le mal qu'vn bras vous fait sans que l'ame y consente,
Si pour vous tout donner ie vous ay tout ôté,
Accusez mon amour, non pas ma cruauté;
L'amour vous perd, l'amour m'a mis dans cette place,

Tout le mal que i'ay fait ce mouuement l'efface.
Piqué sur vn refus, pour me faire estimer,
Ouy, ie me suis fait craindre à qui ne pût m'aymer.
Mais vous voyant soûmise à l'effort de mes armes,
Ie viens vous immoler le sujet de vos larmes ;
Ie ne vous poursuiuois que pour m'en repentir,
Et ne vous surmontois que pour m'assuietir,
Le bien que ie vous veux est cause de vos peines,
Pour triomphe vn Vainqueur vous demande des
Voila tous mes efforts.　　　　　*(chaînes ;*

DORALIE.

O Dieux ! qu'ils sont puissans !
Que leur douceur est forte à combattre mes sens !
Mais c'est vn Ennemy.

CENOMANT.

Que l'amour mét en cendre.

DORALIE.

Qui me rauit le sceptre.

CENOMANT.

Afin de vous le rendre.
Ie n'ay fait tant de maux que pour faire ce bien ;
Ouy, ie vous rends le vôtre, & vous offre le mien.

DORALIE.

C'est trop de la moitié.

CENO-

CENOMANT.

Mais c'est trop peu, Madame,
Si vous ne receuez, & mon cœur, & mon ame.

DORALIE.

Pargez par vn seul don tous ces dons superflus,
Et donnez moy le temps de ne vous haïr plus :
Voyez de quelle grace est ma haine suiuie ;
Vous me donnez vn cœur, ie vous donne la vie ;
Ouy, l'on deuoit icy vous perdre, & me vanger ;
On ne vous y receut que pour vous égorger :
Mais le Ciel, qui des Rois est la plus seure garde,
Conserue Cenomant alors qu'il se hazarde ;
Il a dedans ce lieu mes complots étouffez ;
Vous y deuiez mourir, & vous y triomphez.

CENOMANT.

D'vne bonté parfaite ô prodige exemplaire !
Donc qui deuoit me perdre est mon Dieu tutelaire ?
Qui n'espereroit pas ? qui ne seroit constant ?
Puis qu'Amour sçait nous rēdre heureux en vn instant.

DORALIE.

Heureux Amant de vray, qui m'offençant merite,
Se sauue en temeraire, & des dangers profite.

E

CENOMANT.

Eſt-ce-là ce trépas que i'auois merité?
Appreuuer mon amour par ma temerité?
Vous ſentir redeuable encore à mon offenſe?
Donner à mes fureurs la vie en recompenſe?
Payer par vne paix tant de ſang répandu?
Eſt-ce-là ce trépas que i'auois attendu?

DORALIE.

Ie ne plaints plus nos maux, en regardant la cauſe;
Mais ie crains les hazards où l'amour vous expoſe;
Ie ne ſçaurois vous voir en ce lieu ſeurement;
Ah! c'eſt déja beaucoup, ie craints pour Cenomant.

CENOMANT.

En cét heureux état, moy, ie ne puis rien craindre;
Mourant aprés ce bien, ma mort n'eſt pas à plaindre:
Merueille de mon ſort! fauorable moment,
Où l'extreme danger fait le bien d'vn Amant,
Où la vertu couronne vn amour temeraire.

DORALIE.

Le peril m'épouuante, & vous deuroit diſtraire;
Car en effet l'aſſaut ſera preſque acheué;
Et de peur qu'en ce lieu vous ne ſoyez treuué,
Permettez, il eſt temps, que ie vous congedie.

TRAGICOMEDIE. 35

CENOMANT.

Helas ! en cét adieu que faut-il que ie die ?
Mon cœur a des transports qu'on n'exprime pas bien,
Et c'est parler beaucoup que de ne dire rien ;
Iugez de ma douleur par le bien que ie quite :
Mais nôtre accord exige encore vne visite ;
Pour vous entretenir de mon intention
Voicy le seul moyen , voicy l'inuention ;
Si i'ay libre par fois cette secrete porte ,
Tout est seur , soit que i'entre ou bien soit que ie sorte,
Car occupant ailleurs vos soldats à l'assaut ,
Ie puis , couuert des miens, monter iusqu'icy haut ,
Si ma foy. pour le moins ne vous est point suspecte.

DORALIE.

C'est trop , elle est d'vn Roy ; telle ie la respecte.

CENOMANT.

Et pour mieux leur marquer le temps de mon retour,
Il faut mettre vne Enseigne au dessus de la Tour ;
Ce signal leur sera l'ordre de la retraite.

DORALIE.

Quelque espoir qui vous flatte, & dequoy que ie traite,
En cet accord commun le plus fort n'est pas fait ;
Comment fléchir ma Mere au poinct qu'elle vous hait ?

E ij

CENOMANT.

Par son Royaume entier que ie veux luy remettre,
Par de plus grands effets que ie n'en puis promettre.

DORALIE.

Allez ; nous le verrons.

CENOMANT.

Belle Princesse, adieu.

DORALIE.

Que ie vous accompagne au sortir de ce lieu ;
Ma presence vous sauue, & maintient vôtre vie.

CENOMANT.

Ouy, car en vous quittant ie me la sents rauie.

DORALIE.

Vne mort plus certaine estoit deuant vos pas :
Ah ! i'en tremble pour vous ; sur tout n'auancez pas.
Lyzidan.

LYZIDAN. *(à ses soldats.)*

Compagnons tous prests.

DORALIE.

Rends cette épée :

Qu'elle soit d'autre sang que du vôtre trempée ;
Il falloit, pour vous mettre au rang de nos Amis,
Que par ma main ce fer dans vos mains fust remis.

CENOMANT. (Luy baisant la main.)

Par cette belle main, ie iure que ma vie
Ne sera desormais qu'à vos loix asseruie ;
Et ce fer, que ie tiens comme un present des Cieux,
Puis qu'il me vient de vous me rendra glorieux ;
Si par luy mes exploits sont dignes de memoire,
Il est vôtre, à vous seule en reuiendra la gloire.

LYZIDAN.

Que feray-je, Madame ? iray-je à nos soldats ?

DORALIE.

Ouy retiens leur fureur, & deuance mes pas :
Grand Prince, auecques moy marchez en asseurance.

CENOMANT. (Luy ayant pris la main.)

Ah ! que ie suis heureux contre mon esperance !

E iij

SCENE III.

HYPERIE. (Les voyant sortir.)

QVel est ce prisonnier si superbe & si vain?
Elle luy fait honneur, il luy baise la main;
Ce mistere m'étonne, il me le faut apprendre;
Mon desir curieux peut obliger Alcandre:
Souuiens toy qu'il t'a mise auprés d'elle à dessein
D'épier les secrets qu'elle cache en son sein;
Ie ferts cette Princesse, il est vray ie l'honore,
Ie l'ayme; mais enfin ie m'ayme plus encore;
Si ie luy doy beaucoup, ie me doy plus à moy;
Ie suiuray la premiere & la plus forte loy:
Ie causeray son mal, mais mon bien en doit naître,
I'offense vne Princesse, & i'oblige mon Maître:
Suiuons donc ce dessein; le secret rapporté
Me poura faire mettre en pleine liberté,
Le prix de mon trauail est de rompre ma chaine.
Elle r'entre. Ecoutons de la chambre prochaine.

SCENE IIII.

LYZIDAN, DORALIE.

LYZIDAN. *(La ramenant.)*

MAis, Madame, d'où vient vn si promt changement?
Ce mistere, il est vray, passe mon iugement.

DORALIE.

Il a passé de plus encore mon attente;
Que veux-tu ? ie suis douce, & la pitié me tente;
I'auois porté ce Prince à ce dangereux poinct,
Puis que ie te l'ay dit, ie ne le nieray point;
Mais admirant aprés vne ame si hardie,
Comparant sa franchise auec ma perfidie,
La presence d'vn Roy si graue en son aspect,
Et sa grace ont changé ma fureur en respect;
I'ay ma vangeance étainte, aussi tôt qu'allumée,
Dont le feu pourroit bien laisser de la fumée,
Et faire mal iuger de mon intention;
Accorde ton silence auec ma passion;
Si iamais de ce fait on prend la connoissance,
Ie sçay bien ton deuoir, tu sçauras ma puissance.

LYZIDAN.

Quoy qu'en effet mon sort m'enseigne mon deuoir,
Que vos Grandeurs aussi marquent vôtre pouuoir;
I'ay du respect, Madame, il vaut mieux que la crainte,
Et ie n'exerce pas la vertu par contrainte;
Ie suis Noble, & sur tout ie sçay garder ma foy.

DORALIE.

Ton esprit genereux me plaît, & ie te croy;
Acheue, Lyzidan, ce seruice fidele :
Cenomant doit r'entrer dedans la Citadelle,
Pour conclure la paix, dont nous auons traité;
Tiens luy la porte ouuerte en toute seureté;
Et pour conduire tout auec plus d'industrie,
Entre, tu le mettras dans les mains d'Hyperie;
Cette Esclaue est adroite.

LYZIDAN.

Elle l'est ie le croy.

DORALIE.

Il s'en va. *Va; tu serts vne Reine, & tu gagnes vn Roy.*

SCENE

SCENE V.

DORALIE. *(seule.)*

AH! Roy de mes desirs, doux Roy de ma pensee,
En excusant vos coups, que vous m'auez blessée!
Douce guerre, chers coups, dignes de m'enflamer:
Ils vous ont fait hayr, ils vont vous faire aymer;
I'en doy blâmer l'effet, mais loüer la personne,
Et i'ayme enfin la main qui m'ôte la Couronne.
C'en est fait, ie le sents, mon dessein est perdu,
Ma haine est effacée, & mon cœur est rendu:
Vous emportez, grand Prince, vne étrange victoire;
Mais vos yeux à vos bras disputent cette gloire;
Vos discours genereux ont plus fait que vos mains,
Sans eux tous vos efforts n'eussent estez que vains;
Vous triomphez de moy par vn effet contraire;
Mesme il vous a seruy d'estre vn peu temeraire.
Mais l'Esclaue reuient.

Hyperie pa-
roît.

F

SCENE VI.

DORALIE, HYPERIE,

DORALIE.

Toy, qui lis dans mon cœur,
Viens apprendre & flatter ma nouuelle langueur,
A toy seule ie veux la mettre en euidence.

HYPERIE.

Merité-je l'honneur de vôtre confidence?

DORALIE.

Tu peux encor plus loin porter ta vanité,
Si tu me sçais seruir auec fidelité ;
Mes faueurs , & tes biens seront hors de creance,
Tu le confesseras dedans l'experience.

HYPERIE.

Ie confesse déja , pendante à vos genoux,
Que mon cœur est ingrat s'il n'expire pour vous ;
Agreéz ses deuoirs , faites nous cette grace,
Par ces mains, ces genoux, & ces pieds que i'embrasse,
Par ces pleurs que mes yeux vous donnent pour témoins

TRAGICOMEDIE. 43

Et pour gage asseuré de mes fideles soins,
Par,...

DORALIE.

C'est trop; leue toy, ie connoy ta franchise.

HYPERIE.　　(bas.)

Ma feinte l'a touchée; acheuons; elle est prise.

DORALIE.

Apprends donc mon secrét. I'ayme... O Dieux! qu'ay-
　ie dit?

HYPERIE.

Vn mot seul.

DORALIE.

Et ce mot a mon cœur interdit:
Pudeur, tu veux en vain m'imposer le silence.

HYPERIE.

Je souffre plus que vous en cette violence:
Quoy doncque vôtre cœur ne s'ouure qu'à demy?

DORALIE.

I'ayme... Helas!

HYPERIE.

Acheuez; & qui?

F ij

DORALIE.

Mon Ennemy.
Aprés ma lacheté dans l'amour qui me domte,
Réponds, ne faut-il pas que ie meure de honte?

HYPERIE.

Vôtre Ennemy? son nom?

DORALIE.

Las! en te le nommant
Rougy doncque pour moy; c'est...

HYPERIE.

Dites.

DORALIE.

Cenomant.

HYPERIE.

Ce fleau de l'Etat? quoy? le Roy de Candie?

DORALIE.

C'est luy; par mon amour connoy ma perfidie.

HYPERIE.

Celuy qui contre nous s'est joint aux Rhodyens?

DORALIE.

Celuy la méme, ô Dieux, me tient dans ses lyens ;
Assiegeant vne place, il en a pris vne autre.

HYPERIE.

Mais son cœur pour le moins est la ranson du vôtre ?

DORALIE.

Ouy.

HYPERIE.

Pourquoy, s'il vous ayme & connoît vôtre amour,
D'assaux continuels la presser chaque tour ?

DORALIE.

Pour témoigner qu'il m'ayme.

HYPERIE.

Ô la preuue inhumaine !

DORALIE.

C'est vn effect d'amour sous vn voile de haine :
Il le fait pour me plaire, il ne liure l'assaut
Que pour me visiter, & monter icy haut ;
Moy-méme en ce dessein ie luy donne l'entrée
Par vne fausse porte en ce lieu rencontrée :

F iij

Ainſi, tant pour me voir ſes deſirs ſont ardents!
Comme on bat le dehors le Vainqueur eſt dedans.

HYPERIE.

Que i'apprenne le cours de vôtre intelligence.

DORALIE.

Vne autre fois ; pour l'heure vſons de diligence ;
La Reine eſt toute ſeule, & ſans doute m'attend.

HYPERIE.

Vous en deuiez plus dire, ou n'en dire pas tant ;
Mon eſprit eſt rempli d'impatience extréme.

DORALIE.

Viens, viens, tu ſçauras tout.

HYPERIE.

I'en ſçay trop pour toy-meſme.

Fin du ſecond Acte.

ACTE III.
SCENE PREMIERE.

ARTEMISE, ALCANDRE, DORALIE, HYPERIE.

ARTEMISE.

Q'il est triste ! Approchez, Alcandre ;
qu'auez-vous ?

ALCANDRE.

Vn desespoir en l'ame, encore est-il trop doux.

ARTEMISE.

Pour quelque grande perte? Ah! que son front est blémé?

ALCANDRE.

De vray, tout est perdu ; le fussé-je moy-mesme.

ARTEMISE.

Et le combat sanglant ?

ALCANDRE.

Ouy, par nôtre vertu;

Nous auons trop, Madame, & trop bien combattu,
De testes & de bras les campagnes semées,
Chassé les Ennemis leurs lignes allarmées;
Par ce dernier assaut ils auront reconnu
Que s'ils le donnent bien, il est mieux soûtenu;
Que ce n'est pas vn coup d'vne foible partie
De repousser l'assaut, & faire vne sortie:
I'ay cent fois au combat appellé Cenomant,
Cent fois rompu leurs gros, mais inutilement;
Ie l'ay cherché par tout, mû d'vne ferme enuie
D'acheuer ce combat par la fin de sa vie;
Tout autre sang versé faisoit honte à mon bras,
I'en tuois de depit de ne le tuer pas.

ARTEMISE.

Iusqu'icy ie n'entends aucun sujet de plaintes:

ALCANDRE.

Voicy de nos mal-heurs les dernieres attaintes:
Ceobante, mon Prince, & vôtre cher Neueu....

ARTEMISE.

Qu'à-t'il? Dieux! que ie crains!

DORALIE.

Remettez-vous vn peu.
ALCAN.

TRAGICOMEDIE 49

ALCANDRE.

Craignez le fort, Madame, ab! qu'il nous est contraire!
Ie ne sçaurois le dire, & ie ne le puis taire;
Que ne m'a ce combat emporté le premier!
Ceobante....

ARTEMISE.

Est-il mort?

ALCANDRE.

Non; il est prisonnier.

DORALIE.

De qui?

ALCANDRE.

De Cenomant;

DORALIE.   {bas.}

A ce coup ie respire.

ALCANDRE.

Et ce bras l'a souffert? ab! de regret i'expire.

ARTEMISE.

Et moy, ie meurs de crainte; ô iour infortuné!
Ieune Prince perdu, sous quel Astre és-tu né?

G

Pour rendre deſſus moy ſa fureur aſſouuie
Ce Barbare la va commencer ſur ta vie.

ALCANDRE.

Deuois-je pas l'ôter moy-meſme à Cenomant?

DORALIE.   (Bas.)

Euſt-il pluſtôt la tienne. Il eſt pris? mais comment?

ALCANDRE.

Le voyant reſolu de faire vne ſortie,
De nos meilleurs ſoldats i'ay pris vne partie;
Qui rangez en bataille, & pouſſez tous ardents
Contre vn gros d'Ennemis, ſe ſont jettez dedans:
Rien n'a pû ſoûtenir la premiere furie
Tant de ſes Lyciens que de ceux de Carie;
Iamais ie ne fus mieux animé, ni ſuiuy;
Nos gens pied contre pied combattent à l'enuy;
Le bruit, les coups, les morts, & le ſang où l'on nage
Repreſentent ſur terre vn furieux naufrage:
A ce choc violent les rangs ſont éclaircis,
Les champs couuerts de ſang, & les Cieux obſcurcis
Ils ſe font iour par tout où l'ardeur les emporte,
Rompent à coups de main la preſſe la plus forte:
L'Ennemy craint nos coups, pas vn ne les attend:
Il fuyoit, & déja nous le menions battant;
Quand leur Cauallerie, ou peut-eſtre preſſée,

TRAGICOMEDIE. 51

Ou bien deuers la roche en embúche dreßée,
Conduite par le Roy qu'en vain i'auois cherché
Enferme Ceobante au combat attaché.
Suiuant les Rhodyens de coups & de menace
Ie chaßois d'autre part leur General Pharnace;
Hors deſpoir de l'attaindre, & voyant ce renfort
Que déja s'auançoit entre nous & le Fort,
Content de ma victoire & de cette deffaite
Ie regagne la porte, & ie fay ma retraite;
Où Tyrene au galop entrant tout le dernier
Donne auis que le Prince eſtoit fait priſonnier;
Qu'emporté trop auant d'ardeur & de furie
Il s'eſtoit veu ſaiſi de la Caüallerie;
Que Cenomant luy-meſme empeſchant ſon trépas
L'auoit ſauué des coups & tiré de leurs bras.

DORALIE.

Tout Ennemy qu'il eſt, ie luy ſuis obligée,
Et ie beny la main qui me rend affligée;
Puis qu'il l'a garanti de la mort & des coups,
On n'en doit eſperer qu'vn traitement fort doux.

ARTEMISE.

Cét eſpoir mal fondé n'eſt qu'vne réuerie;
Auez-vous oublié ſa haine & ſa furie ?
Ceobante eſt perdu, puis qu'il eſt en ſa main.

DORALIE.

Il le ſauue auiourd'huy.

G ij

ARTEMISE.

Pour le perdre demain.

ALCANDRE.

Ie crains la perte encor de toute la Lycie,
Plus heureux si le sort eust ma trame accourcie.

DORALIE.

Alcandre, esperons mieux du Ciel & du destin.

ARTEMISE.

Qu'est-ce encor ? nos mal-heurs n'auront iamais de fin;
Où courez-vous ? parlez ; qui vous presse, Tyrene ?

SCENE II.

TYRENE, ALCANDRE, ARTEMISE,
DORALIE, HYPERIE,

TYRENE.

VOus sçaurez en deux mots le suiet qui m'ameine.
Vn de nos Espions fidele reconnu,
Du Camp des Ennemis en hâte icy venu,
Et de qui le premier i'ay pris langue à la porte.

ALCANDRE.

Qu'à-t'il vû? dépéchez, qu'est-ce enfin qu'il raporte?

TYRENE.

Qu'à peine Ceobante au camp des Ennemis
Sous une garde sure auoit esté remis,
Et receu dignement par le Roy de Candie;
Qu'animant ses soldats d'une fureur hardie,
Cependant que le fer estoit encore chaud,
Cenomant les r'allie, & remeine à l'assaut;
Que Pharnace & les siens ayant repris haleine
S'estoient d'un mesme accord rejetté dans la plaine;
Et qu'aprés auoir vû leurs Enseignes au vent,
Luy, s'estoit efforcé de gagner le deuant:
Voila ce qu'il rapporte, & dont il nous assure.

ALCANDRE.

Allons vanger sur eux & l'une & l'autre injure.

ARTEMISE.

Gar dez bien de sortir.

ALCANDRE.

      O destins inhumains!
Quoy? Madame, ainsi donc vous me liez les mains?

ARTEMISE.

Voulez-vous laisser seule en ce lieu vôtre Reine?

ALCANDRE.

Soûtenons donc l'assaut, & suiuez moy, Tyrene.

ARTEMISE.

I'y veux estre en personne, & voir l'euenement:
Il s'en vont. *Vous demeurez.*

DORALIE.

Tant mieux; i'attendray Cenomant:
Cét assaut pour entrer est vn coup d'industrie:
Va donc dans le caueau, va le prendre, Hyperie;
Lyzidan est gagné, qui commande en la Tour,
Il le doit faire entrer: va; i'attends ton retour.

HYPERIE.

Ie reuiens aussi tôt, Madame, & ie l'ameine.
Bas. *Ie luy vendray bien cher cette legere peine.*

SCENE III.

DORALIE. (Seule.)

Dangereuse entreprise, & qui flatte mon cœur
Dans l'espoir de reuoir cét aymable Vainqueur;
Donc pour vn Ennemy, Dieux! qui pouroit le croire
Ie trahy mes parents, ma patrie, & ma gloire?
Et fay ceder encore au desir de le voir
Honneur, raison, vertu, pudeur, crainte, & deuoir?
Que dy-je? en quelle erreur me jette cette crainte?
Deuoir, honneur, vertu, vôtre loy m'est trop sainte;
Non non, sans l'offenser en ce que i'entreprends,
Ie sauue mon pays, ma gloire, & mes parents.
Mais aymer Cenomant? luy qui poursuit ma Mere,
Luy qui n'épargne pas le Tombeau de mon Pere?
Mais le treuuant tout autre, & fidele & charmant,
Puis-je, quoy qu'il ait fait, n'aymer pas Cenomant?
Il abbat nos remparts; ie l'oblige à le faire;
De vray, pour ce qu'il m'ayme il nous est auersaire;
Il a parmy le sang mes appas pour objets,
Et pour me posseder il détruit mes Sujets;
Il montre, en les perdant, ce zele dont il m'ayme,
Son courage contre eux, son amour pour moy-mesme;
Auteur de mes plaisirs, comme de mon soucy.

Cher Amant Ennemy! Mais enfin le voiy;
Tel estoit sous l'armét le puissant Dieu de Trace,
Tel Achille marchoit, & telle fut sa grace.

SCENE IIII.

CENOMANT, HYPERIE, DORALIE.

CENOMANT. (Au bout du theatre en entrant.)

QVoy? tu dis qu'elle m'ayme? ô discours plein
d'appas?

HYPERIE. (Bas.)

J'ay trop parlé sans doute, il ne le sçauoit pas.

DORALIE. (Les ayant oüis, & se tirant à côté)

Elle a donc reuelé mon amoureux martire:
Tant mieux, c'est m'épargner la honte de le dire.

HYPERIE. (S'auançant à Doralie.)

J'ay si bien combattu, que voicy mon butin;
Ie remets en vos mains sa vie & son destin.

CENOMANT.

L'amour & mon desir secondant son enuie

Vous

Vous offrent en effect mon destin, & ma vie.

DORALIE.

Ennemy, prisonnier, quel vous doy-je nommer ?

CENOMANT.

Ie ne suis Ennemy, que pour vous trop aymer;
Et de quelques efforts qu'on blâme ma poursuite,
L'honneur doit l'acheuer, & l'amour l'a produite;
Sçachant-vôtre pudeur, i'égale en mon soucy
Au bon-heur de vous voir le mal-heur d'estre icy;
Autant que ie vous treuue & belle & vertueuse
Vous verrez mon amour sainte & respectueuse.

DORALIE.

C'est triompher d'vn lieu difficile & suspect
Par armes au dehors, au dedans par respect.

CENOMANT.

Le fruict de mon triomphe est l'honneur de vous plaire;
Ie ne treuue qu'en vous ma gloire & mon salaire:
On diroit que ce Dieu qui m'enflame le sein,
Comme il regit mon cœur, gouuerne aussi ma main;
Ceobante....

DORALIE.

A propos, qu'à-t'il fait à sa honte ?

H

CENOMANT.

I'eſtois icy venu pour vous en rendre conte.

DORALIE.

Tous objets, prés de vous, me ſont indifferents;
Ie perds, auec mon cœur, le ſoin de mes Parents.

CENOMANT.

I'en prens aſſez pour tous; vous le verrez, Madame:
Ceobante a gagné plus d'honneur que de blâme;
Ayant de vos deſirs l'Oracle conſulté,
Ie veux à mon retour le mettre en liberté;
Ce coup venu du Ciel nous eſtoit neceſſaire,
Pour traiter de la, paix & commencer l'affaire.

DORALIE.

Pour nôtre commun bien c'eſt vn digne ſoucy:
Allons en diſcourir en autre lieu qu'icy;
La ſalle n'eſt pas propre à cette conference,
Vous ſerez, dans ma chambre en plus grăde aſſeurance:
Vous pourrez, deceuoir mes Filles dans ces lieux,
Que iamais n'ont conneu vôtre front ny vos yeux.
Mais n'y retournez, plus, faites moy cette grace;
I'ayme & craints de vous voir; n'entrez, plus dans la
    place;
Le danger eſt trop grand.

CENOMANT.

Plus grande est mon amour.

DORALIE.

C'est tenter trop de fois la fortune en vn iour;
Vous mettez en peril vous, moy, vôtre Couronne

CENOMANT.

Pour ce coup Ceobante assure ma personne.

DORALIE.

Allons donc en parler vn peu plus seurement.
Escoute.

HYPERIE. (Apres que Doralie luy a parlé à l'oreille.)

I'accomply vôtre commandement.

***

SCENE V.

HYPERIE. (Seule.)

*E*lle emmeine ce Roy; Tout va bien, Hyperie,
Tu connois son amour, poursuy ta tromperie;
Ne l'ay-je pas deceuë auec subtilité?

H ij

I'empruntois tous les trais de la fidelité,
I'estois modeste icy, là libre & genereuse;
Tout cela, pour sonder sa pensée amoureuse :
Qu'elle a bien pris l'amorce, & moy mon temps aussi
Et qu' Alcandre auerty va loüer mon soucy!
Ce n'est qu'à cét effect qu'il me tient auprés d'elle
On me verra perfide, afin d'estre fidele;
Ouy, c'est mon Maître enfin ; ie fay ce que ie doy,
L'interest me rejette en ma premiere foy;
Et pour ma liberté que ie tiens assurée
C'est vn prix fort commun qu'vne foy parjurée.
Au retour de l'assaut allons donc le treuuer,
Et perdons Doralie afin de nous sauuer.
Mais elle aura sujet d'accuser ma paresse;
De fait, elle reuient, sa presence me presse :
Allons executer, aprés auoir tardé,
Ce que tantôt tout bas elle m'a commandé.

SCENE VI.

CENOMANT, DORALIE.

CENOMANT. (Sortant de la chambre de Doralie.)

Ovy, ie vous le promets, cette affaire est concluë,
Sur tous mes interests vous estes absoluë;
Dés mon premier retour dans nos retranchemens

Ie suiueray vôtre auis & vos commandemens :
Ainsi la liberté renduë à Ceobante
Le fera seconder mes vœux, & vôtre attente,
Comme il est genereux il payra mes bienfaits,
La Reine à sa priere acceptera la paix.

DORALIE.

Fust-elle inexorable, il poura la reduire.

CENOMANT.

Mais Alcandre est à craindre, & nous peut beaucoup
   nuire ;
Car puis qu'il vous pretend, sur un espoir si doux
Il troublera la paix & l'hymen entre nous,
Il gouuerne la Reine,

DORALIE.

       Et non pas sa Famille.

CENOMANT.

Il est son General.

DORALIE.

       Et moy ie suis sa Fille.
Mais d'ailleurs vos progrés nous ont reduits au poinct
De rechercher la paix quand il n'en voudroit point.

SCENE VII.

HYPERIE, CENOMANT, DORALIE.

HYPERIE. [s'auançant à Cenomant.]

QVoy doncque ? vous treuue encore en cette place ?

CENOMANT.

Mon amour m'y retient.

HYPERIE.

Et ma peur vous en chaſſe :
On eſt ſur la retraite, on va finir l'aſſaut.
Par l'ordre & le ſignal que i'ay fait voir la haut.

DORALIE.

Souffrez qu'elle vous chaſſe, & que pour vous ie craigne.

CENOMANT.

Au deſſus de la Tour auez-vous mis l'Enſeigne ?

HYPERIE.

Trop tôt ; puis qu'on vous treuue encore dans ce lieu.

DORALIE.

Ie l'auois ordonné.

CENOMANT.

Belle Princesse, adieu.

DORALIE.

Mais ne hazardez plus, grand Roy, vôtre personne:
Adieu.

CENOMANT. (Donnant vn dia-
mant à Hyperie.)

Voicy, pour toy, l'adieu que ie te donne.

DORALIE.

Allez, suiuez ce Prince, & le reconduisez.

HYPERIE.

I'offenserois vos dons, s'ils estoient refusez.

DORALIE. (Seule.)

Aprés de si grands maux, aprés vn tel orage,
Le beau port que ie treuue au milieu du naufrage.
Mais ie retombe en mer quand le port s'est montré :
Que voy-ie ? quel danger l'ont-ils point rencontré ?
Il est parti trop tard, ie tremble, quand i'y pense;
L'assaut n'est pas fini, qu'vn plus grandrecommence.

Alcandre &
son Lieutenant
viennent par
l'endroit où
Cenomant est
sorty.

SCENE VIII.

ALCANDRE, DORALIE, TYRENE.

ALCANDRE.

NE craignez rien, Madame, & pourquoy trem-
blez vous?

DORALIE.

Ce n'est pas sans sujét; Fortune!

ALCANDRE.

Elle est pour nous;
Ces assaux redoublez sont à nôtre auantage

TYRENE.

Et sur tous le dernier.

DORALIE.

Ie le craints dauantage.

ALCANDRE.

On ne treuua iamais....

DORA-

DORALIE.

Quoy? qu'auroit-on treuué?

ALCANDRE.

D'assaut si bien donné, ny si mal acheué,
Leur retraite, & si promte, & si precipitée,
Pouroit estre à bon droict, pour fuite reputée.

DORALIE.

Fuite heureuse!

ALCANDRE.

Il est vray, mais pour eux.

DORALIE.

Mais pour moy.

ALCANDRE.

Ils ne me seroient pas échappez, ni leur Roy.

DORALIE.

Ah! ie crains pour luy seul, son destin m'épouuante.

ALCANDRE.

Vous craignez hors de temps; pour qui?

DORALIE. (Surprise, & après auoir réué.)

Pour Ceobante.

I

TYRENE.

Conceuez-vous enfin le sujet de sa peur ?

DORALIE. (Bas.)

Ce mot seul m'a sauuée, & r'asseure mon cœur.

ALCANDRE.

Ce bras vous le rendra, Madame, ie le jure.

DORALIE. (En equiuoque.)

Ie l'attends.

ALCANDRE.

Ouy, ce bras vangera vôtre injure.

DORALIE.

Vous seriez en danger ; vous prenez trop de soin.

ALCANDRE.

I'en prendray plus encore.

DORALIE. (Froidement.)

Il n'en est pas besoin.

Adieu ; de vos exploits entretenez la Reine.

Sortons ; i'ay veu l'Esclaue, & ie suis hors de peine.

L'Esclaue pa-
roît au bout
du theatre.
bas.

SCENE IX.

HYPERIE, ALCANDRE, TYRENE.

HYPERIE.

CHerchons Alcandre enfin : que l'assaut m'a duré:
Respirons, & suiuons mon dessein differé.

ALCANDRE. (Au bout du theatre.)

Cét adieu si mal pris est bien froid pour ma flame:
Mais l'Esclaue à propos consolera mon ame.
Sur quel dessein réuoit Hyperie à l'écart?

HYPERIE.

Il vous regarde seul.

TYRENE. (Se voulant retirer.)

Ie n'y puis prendre part,
Le secrét important fait que ie me retire.

ALCANDRE. [le retenant.]

Nous l'entendrons tous deux, quoy qu'elle puisse dire;
Mon esprit n'eut iamais rien de caché pour vous.

Parle donc.

HYPERIE.

Ie ne puis, lors que ie m'y refous :
Publieray-je ce crime ? oferay-je le dire ?

ALCANDRE.

Elle parle d'vn crime, elle pleure, & foûpire :
Que feroit-ce ?

HYPERIE.

Vn mal-heur.

ALCANDRE.

Quel ?

HYPERIE.

Helas ! qu'il eft grand !
Mon cœur ne l'ofe dire, & mon cœur l'entreprend.

ALCANDRE.

Plus que le propre mal, l'attente en eft cruelle :
Dépéche.

HYPERIE.

Vous verrez fi ie vous fuis fidelle :
Mais pour ce rare effect de ma fidelité,
Ie demande, Seigneur.

ALCANDRE.

Et quoy ?

HYPERIE.

La liberté;
Ce prix me fut promis, l'affaire est importante.

ALCANDRE.

Que ta sensible voix & m'afflige, & me tente!
Sois libre.

HYPERIE.

Et ce collier, ces fers, ôtez-les moy.

ALCANDRE. (Tire vne petite clef de sa poche, & en ouure son collier & ses fers.)

Viens; ie t'accorde tout: enfin sçachons sur quoy.

HYPERIE. Tenant ses fers & son collier en ses mains.

Helas! que doy-je dire?

ALCANDRE.

Helas! que doy-je craindre?

TYRENE.

Quelque remords l'effraye, & semble la contraindre.

HYPERIE.

Preparez maintenant vôtre cœur aux douleurs,
L'oreille à mes discours, comme les yeux aux pleurs.

ALCANDRE.

D'vn tel commencement, quelle fin doy-je attendre?

HYPERIE.

Tout consiste en deux mots que vous allez entendre:
Doralie ayme....

ALCANDRE.

Qui? nomme le.

HYPERIE.

Cenomant.

ALCANDRE.

Que Doralie ait eu ce lâche mouuement?

HYPERIE.

Ouy contre l'apparence, & contre l'Etat mesme.

TYRENE.

Cette foudre le rend perclus, muét, & bléme:
R'appellez ce grand cœur, ce cœur si genereux.

ALCANDRE.

Tirez-le de mon sein plustôt ce mal-heureux.
Iustes Dieux! Mais que fay-je? en vain ie les reclame,
Ils n'ont point de remede aux douleurs de mon ame:

Elle ayme vn Ennemy? Non; ma voix, que dis-tu?
Mon cœur, qui te dément, parle de sa vertu ;
Elle ne peut commettre vne faute pareille ;
Doy-je à ce faux rapport en croire mon oreille?

HYPERIE.

Pour peu que vous soyez sensible & curieux,
Si vous ne m'en croyez, vous en croirez vos yeux;
Vous les verrez ensemble.

ALCANDRE.

Icy?

HYPERIE.

Dans cette place.

TYRENE.

O Dieux! à ce recit ie me sents tout de glace.

ALCANDRE.

Quoy? ce Roy dans ce Fort?

TYRENE.

Ce Roy?

HYPERIE.

Luy-mesme, luy,
Que Doralie a veu par deux fois auiourd'huy.

ALCANDRE.

Le sçais-tu?

HYPERIE.

Ie le sçay, comme leur confidente,
Qui vous serts, qui vous rends leur amour euidente,
Qui l'ay veu, l'ay conduit, & viens de le quiter.

ALCANDRE.

Courons à luy, courons ; il faut me contenter,
Montre le moy ; volons sur ses pas , Hyperie :
Prepare toy, mon bras, arme toy, ma furie :
Il me semble déja que ie nage en son sang :

HYPERIE.

Mais en vain, ô mal-heur ! car il est dans son Camp.

ALCANDRE.

Fureur, bras, arrestez ; il est en assurance :
Quoy ? ne m'as-tu donné qu'vne vaine esperance ?
Doncque tout ce grand feu se resout en vapeur ?
Tu ne mets en mes mains qu'vn fantôme trompeur ?
Ne me le cele plus ; est-il chez la Princesse ?

HYPERIE.

Non, ie l'ay mis dehors.

ALCANDRE.

Et ma colere cesse ?
Ah !

Ah ! perfide \ il falloit auant m'en auertir.

HYPERIE.

Vous estiez à l'assaut ; luy, pressé de sortir.

ALCANDRE.

Et laisser ; ô Méchante, èchaper cette proye ?
Rends la nous.

HYPERIE.

Ouy, Seigneur ; si le sort la r'enuoye.

ALCANDRE.

Reuiendra-t'il encor ?

HYPERIE.

Non.

ALCANDR.

Ah ! ie suis perdu.

HYPERIE.

A ses vœux Doralie a ce poinct deffendu.

ALCANDRE.

Reprends tes fers, Esclaue ; euite ma presence ;
Pour Doralie encor i'ay cette complaisance :
Renchainez la Tyrene.

K

HYPERIE.

Helas ! quel changement !
Et bien, ſi ie remets en vos mains Cenomant?

ALCANDRE.

Le pourois-je eſperer ?

HYPERIE.

Ouy, Seigneur, ie le iure,
Et que vous vangerez ſur ce Roy vôtre iniura.

ALCANDRE.

Tyrene, laiſſez la. Comment le feras-tu ?

HYPERIE.

Songeons y; mon eſprit montre icy ta vertu.
I'ay treuué le moyen, il eſt indubitable :
Mais, Seigneur, i'en preuoy ma perte ineuitable.

ALCANDRE.

Ne craints rien, en ce cas ie te doy proteger ;
Et ie prends tout ſur moy, ce fardeau m'eſt leger :
Parle donc.

HYPERIE.

Vn billét contrefait par adreſſe

Vous le rameine, icy mandé de la Princeſſe.

ALCANDRE.

C'eſt le Ciel qui t'inſpire vn ſi beau mouuement.

HYPERIE.

R'entrons; ie vous diray le tout plus clairement:
D'vn eſprit plus remis permettez que i'explique
Et tant de vains aſſaux, & toute leur pratique,
Leur deſſein, leurs amours, le temps, & la façon.

ALCANDRE. (Luy donnant la clef de ſes fers.)

Ouy: Mais remets tes fers, pour ôter tout ſoupçon.

TYRENE. (Luy remettant ſes fers.)

Tu ſauues d'vn ſeul coup, fauorable Hyperie,
Doralie, Artemiſe, Alcandre, & ta Patrie!

On ferme le Mauzolée.

K ij

ACTE IIII.

SCENE PREMIERE.

DORALIE, CEOBANTE.

DORALIE.

CEOBANTE, quel fort vous redonne à mes yeux?

CEOBANTE

Le plus heureux du monde & le plus glorieux.

DORALIE.

Dans vne heure estre pris ? & rendu dans vne autre?
C'est l'effect d'vn destin plus heureux que le nôtre.

CEOBANTE.

Et si grand, que iamais ie ne l'eusse attendu :
A peine ay-je eu loisir de me croire perdu ;
Comme ce coup fatal m'est venu sans le craindre ;
Ie m'en suis vû gueri deuant que de me plaindre ;
Sorti i'ay seulement reconnu ma prison,

Ie ne sçay si i'y fus, i'en doute auec raison:
Cet Ennemy courtois, en me sauuant la vie,
Ne me plaignoit pas moins que s'il me l'eust rauie;
Mais à cette faueur joignant ma liberté,
Que n'a-t'il pas montré de generosité ?

DORALIE.

Auez-vous vû la Reine ?

CEOBANTE.

Vn moment.

DORALIE.

Qu'en dit-elle ?

CEOBANTE.

Que sans doute le Ciel me tient en sa tutelle;
Qu'elle ne peut sortir de son étonnement ?
Qu'elle rend grace aux Dieux.

DORALIE.

Et rien de Cenomant ?

CEOBANTE.

Non : Soyez plus sensible à sa vertu supréme;
Il est courtois, vaillant; & de plus il vous ayme;
Ce dernier poinct m'oblige autant que ses bien-faicts;
Déja son alliance entre dans mes souhaits ?

K iij

Et ie m'en vay moy-mesme y disposer la Reine.
Preferez son amour à vôtre iniuste haine,
Et croyez, Doralie, aprés mon sentiment,
S'il est fier Ennemy, qu'il est plus doux Amant.

DORALIE.   [froidement]

Par vôtre liberté ie connoy son merite.

CEOBANTE.   (bas.)

Qu'elle est froide! Madame, il faut que ie vous quite;
On m'attend au Conseil.

DORALIE.

Seule.

    Allez; ie vous y suy.
Ah! que i'ay déguisé mon desir deuant luy!
Reuiens, desir, espoir: Dieux! comme tout se change!
Qu'est-il que la vertu dessous ses loix ne range?
Elle fait rechercher ce qu'on a dédaigné:
Courage, il est à nous, Cenomant l'a gagné;
Auec vn tel appuy ie ne craints plus Alcandre.
On dispute ma cause: Allons au moins l'entendre.

SCENE II.

ARTEMISE, DORALIE, CEOBANTE, ALCANDRE.

ARTEMISE.

EST-ce là cette paix ? eſt-ce là cet accord ?
M'en oſez-vous parler ? me faites-vous ce tort ?
Demander Doralie ? & pour qui ? quelle audace !
Prenez-vous ce chemin pour rentrer en la place ?
Me parler d'alliance auecque Cenomant ?
Vous luy deuiez promettre encor ce Monument,
Les cendres de Mauzole, & toute ma Famille ;
Non, ce n'eſt pas aſſez d'vn ſceptre, & de ma Fille :
Quoy ? ne feroit-ce pas par de lâches effects
Le payer dignement des maux qu'il nous a faits ?
Sa fureur qui nous perd, feroit recompenſée ?
Sa haine auroit vn prix de m'auoir offencée ?
Et pour l'excez commis d'vn pays ruiné,
Qu'il a détruit luy-meſme, il luy feroit donné ?
O proiét temeraire, & qui n'a point d'exemple !
Faire cét hymenée ? & comment ? en quel Temple ?
Tous les nôtres déja ſont par luy profanez,
Nos Autels demolis, nos Dieux abandonnez,
La ſainteté des lieux eſt par tout violée ;

Vn seul Tombeau nous cache, & c'est le Mauzolée;
Qu'il vienne, le Barbare, en ce projet nouueau
Accomplir son hymen dessus ce froid Tombeau;
De toute la Carie vn seul Temple nous reste,
Nous n'auons qu'vn Autel, encore est-il funeste:
Qu'il s'en serue, qu'il vienne en ce triste sejour
Du Temple de la Mort faire vn Temple d'Amour;
Voicy, voicy le lieu propre à cette hymenée;
Ce marbre seruira de couche infortunée,
Et l'Ombre de Mauzole autour de son Tombeau,
En la place d'Hymen, portera le flambeau.

DORALIE.

Dieux! ie tremble à l'oüir, & ce triste langage
D'vn hymen mal-heureux m'est vn mortel presage.

ARTEMISE.

Mais que viue plustôt i'entre en ce Monument,
Que d'agréer ses feux & rompre mon serment;
Ie l'ay fait, & ie iure encor par cette Cendre,
Par ce lieu qu'il attaque, & qu'il nous faut deffendre,
Que iamais Cenomant, cét Ennemy mortel....

CEOBANTE.

N'en parlez pas ainsi, croyez qu'il n'est pas tel;
Madame, permettez que ma bouche réponde
Pour vn Roy si courtois & le plus doux du Monde.

ARTE-

ARTEMISE.

Tel le voit la Carie, on l'a tel épreuué.

CEOBANTE.

Ie le figure au vray tel que ie l'ay treuué,
Vertueux, obligeant, à nos mal-heurs sensible :
Il n'a pour tous deffauts qu'vne amour inuincible,
Qui l'arme contre nous, & le fait soûpirer
Pour le sang que son bras est contraint de tirer ;
Son cœur auec sa main n'est pas d'intelligence ;
L'amour le fait combattre, & non pas la vangeance :
Regardez ses drappeaux, on y lit à l'entour
(Ennemy seulement pour auoir trop d'amour.)
Quoy que victorieux il tienne la Carie,
Aymez le, il vous la rend ; écoutez le, il vous prie ;
Il vous offre le sceptre aprés l'auoir ôté,
Pour montrer seulement qu'il l'a trop merité.
Il pretend Doralie ; & tout l'en montre digne,
Sa vaillance, son rang, & son amour insigne :
Ie doute qui des deux on doit plus accuser,
Luy, de poursuiure ainsi ; vous, de le refuser :
Ie l'excuse aprés tout, & desormais i'estime
Sur l'iniuste refus la guerre legitime ;
Voyez de quels mal-heurs il est accompagné,
Et refusant ce Roy ce que l'on a gagné :
Depuis que ce refus luy fit prendre les armes

L

Nous n'auons vû que feux, que meurtres, & qu'al-
    larmes ;
Mefme ces Rhodyens prés de mon murs logez,
Qui vous payoient tribut, nous tiennent affiegez ;
Ils vous ont attaquée, ils vous ont combatuë,
Vous, que dans Rhode mefme ils craignoient en ftatuë
Ils vous ont fait fuyr iufqu'en ce Monument.

ALCANDRE.

Et tout cela, mon Prince, enfin par Cenomant :
Vous blâmez leur reuolte ; & c'eft luy qui les pouffe,
Sa main rougit de fang ; & vous la nommez douce ;
Ils nous font Ennemis ; il les a foûleuez ;
Ils fuiuent fes deffeins ; & vous les appreuuez :
De dire que l'amour le porte en cette terre,
Qu'elle foit le fujét de cette iniufte guerre ;
Non, pouroit-on tirer vn trifte euenement,
Et tant de cruauté d'vn fi doux fondement ?
O Dieux! l'étrange amour! Sçachez, quoy qu'il publie,
Qu'il ayme cét Etat bien plus que Doralie :
Auant que de l'aymer, & que d'eftre venu
Dedans le Mauzolée en habit inconnu,
Où luy-mefme nous dit que fon feu prit naiffance,
N'auions-nous pas fenti fon iniufte puiffance ?
Il n'aymoit pas encore ; & lors il déploya
Mille voiles au vent qu'à Rhode il enuoya,
Qui depuis fous la main du General Pharnace
Vinrent fondre fur nous au port d'Halycarnace :

TRAGICOMEDIE. 83

La Reine les deffit , mit Rhode sous ses loix:
Et ce Roy les souleue encore vne autre fois;
Il reprend leur querelle , auec eux il s'allie,
Pour pretexte nouueau feint d'aymer Doralie:
Pourquoy, s'il n'est qu'Amant , joindre nos Ennemis?
Réueiller des Mutins , qui nous estoient soûmis?
Pour iuger du dessein , voyez la procedure,
Il se plaint d'vn refus , & poursuit leur injure:
Que ne se couure-t'il de son propre interest ?
Prenant ainsi le leur , il montre ce qu'il est,
Ennemy conjuré de toute la Carie,
Qui sous vn nom d'amour exerce sa furie.

DORALIE.

Que dira-t'il? ô Dieux! que n'osé-je parler ?

ALCANDRE.

Son dessein est iniuste ; il falloit le voiler;
Le pretexte est d'amour; l'apparence estoit belle:
Mais l'effect a rendu la cause criminelle :
Liguer nos Ennemis , pour vanger vn refus ?
Tout perdre?

DORALIE.

A ces raisons il cede , il est confus.

CEOBANTE.

Mais il rend tout aussi , pays, sceptre, & moy-mesme;

Et de tant de faueurs pour prix souffrez qu'il ayme;
Permettez luy ce poinct, la Carie est à vous;
Ce Conquerant viendra vous la rendre à genoux.

ARTEMISE.

Quelques autres raisons que vôtre esprit inuente,
Alcandre a pris le faict, genereux Ceobante:
Ie connoy vôtre cœur, ie sçay que vous m'aymez,
Et qu'un mesme dessein nous tient tous enfermez;
Que vous & vos soldats prenez part à ma perte;
Que toute la Lycie auec eux m'est offerte;
Qu'aprés la triste mort d'un Epoux si cheri
Vous m'auez tenu lieu de Fils & de Mary:
Tous vos discours, suspects en la bouche d'un autre,
Me semblent, cher Neueu, vertueux en la vôtre;
Si vous auez loüé ce Monarque vainqueur,
C'est par reconnoissance, & non faute de cœur,
C'est à quoy par deuoir vôtre honneur vous conuie;
Vous luy deuez beaucoup, en luy deuant la vie:
Ce poinct, qui par raison vous porte à l'estimer,
Tout Ennemy qu'il est me le feroit aymer;
Si tant de cruauté, de perte, & de dommage,
Ne me le presentoit dessous vne autre image;
Si l'outrage plus grand n'effaçoit en effect,
Par nos maux endurez, le bien qu'il vous a fait.

CEOBANTE.

Nous meritons encor tous ceux qu'il nous prepare;

Quoy? pourois-je oublier vne vertu si rare?
Puis que ie ne luy serts que d'vn si foible appuy,
Madame, permettez que ie retourne à luy,
Que ie r'entre en mes fers, & que mon impuissance
Soit la marque du moins de ma reconnoissance.

ARTEMISE.

O Dieux! que dites-vous?

CEOBANTE.

Tout ce que ie feray,

ARTEMISE.

Faites, faites, cruel; sçachez que ie mouray;
Ouy, deuant que le sort à ce Roy nous allie,
Ie me sacrifieray moy-mesme, & Doralie:
Impie, est-ce le fruict de mes plus tendres soins?
Ie vous tenois pour fils; & que m'estes-vous moins?
N'ay-je pris le soucy de vos jeunes années,
Qu'afin de voir par vous les miennes terminées?
Va, cœur dénaturé, va donc, il t'est permis,
Va, sois le plus méchant de tous mes Ennemis;
Cruel à tes Parents, ingrat à qui t'honore,
Va suiure ce Barbare, & le sois plus encore:
Va.

ALCANDRE.

Madame, écoutez: Prince, que direz-vous?

CEOBANTE.

Alcandre, ie ne sçay.

ALCANDRE.

La laisser en couroux?

CEOBANTE.

Laisseray-je ma foy ?

ALCANDRE.

Laisserez-vous la Reine ?

CEOBANTE.

Ie suy l'honneur, ie suy sa loy plus souueraine.

ALCANDRE.

Le sang & la Nature ont bien vn autre rang ;
Suiuez leurs loix, oyez la Nature, & le sang.
Ouy, Madame, il reuient : quittez vôtre colere ;
S'il a craint d'estre ingrat, il craint de vous déplaire ;
Enfin il fait ceder en vn combat si grand
Le nom de redeuable à celuy de Parent.

ARTEMISE.   (Se leuant.)

A ce coup ie connoy que Ceobante m'ayme :
Et i'ay donté son cœur, par son courage mesme.

CEOBANTE.

Non, ne relâchons point ; mon esprit se resout ;
Plustôt que de te perdre , ô ma foy , perdons tout.

ARTEMISE. (L'emmenant.)

Allons vaincre une humeur si rêueuse & si triste.
Ciel, faites le fléchir.

DORALIE. (bas.)

Ciel, faites qu'il persiste.

ALCANDRE.

Elle sort : Tout va bien, songeons à d'autres coups,
Passons.

SCENE III.

HYPERIE, ALCANDRE.

HYPERIE.

Ie vous cherchois.

ALCANDRE.

Et bien , le verrons-nous ?

HYPERIE.

Ouy, Seigneur ; le voicy, que Lyzidan ameine :
Je courois deuers vous, & i'en suis hors d'haleine :
Luy-mesme le conduit, de crainte d'accident ;
Ie vous ay déja dit qu'il est leur confident :
Vous connoîtrez enfin que ie suis veritable.

ALCANDRE.

Croy, croy que ce dessein te sera profitable :
Ie te donne à la Reine, afin de t'assûrer ;
Ta retraite est certaine.

HYPERIE.

    Il nous faut retirer,
Vous, dans ce Cabinét ; moy, i'iray chez la Reine.

ALCANDRE.

Mais fay venir deuant des Gardes & Tyrene.

HYPERIE.

Voicy ce Roy.

ALCANDR.

    Mon cœur ne se peut contenir :
Retirons nous pourtant, & laissons le venir.

SCENE

SCENE IIII.

LYZIDAN, CENOMANT.

LYZIDAN.

OVY, l'ordre d'Hyperie est que ie vous attende:
Mais venir sans assaut?

CEOBANTE.

La Princesse me mande :
Lyzidan, c'est assez ; va, retourne en la Tour,
Pour y fauoriser & cacher mon retour.

LYZIDAN.

Ah! Seigneur, remettez vne telle visite,
Voyez en quel danger elle vous precipite ;
Puis que i'ay reconnu vos secrets importans,
Croyez moy, retournez, & prenez mieux le temps.

CENOMANT.

Ie ne puis ; & d'ailleurs Hyperie est prudente;
Ma sureté dépend de cette Confidente ;
Le chemin sera libre , elle te l'a promis.

M

LYZIDAN.

Songez où vous allez, parmy vos Ennemis ;
Seigneur.

CENOMANT.

Va, laisse moy. Ie voy sa chambre proche.

ALCANDRE. (bas.)

Il en sçait le chemin.

LYZIDAN.

I'attendray vers la roche
Conduisons le des yeux.

CENOMANT.

Que ce lieu m'est suspect !
Ie tremble ; est-ce de peur ? Non pas, c'est de respect :
Quoy que le cœur me die, & quoy qu'encor ie tremble,
Entrons.

ALCANDRE.

Laissons le entrer, pour les treuuer ensemble.

SCENE V.

ALCANDRE, LYZIDAN, TYRENE, CEOBANTE, GARDES.

ALCANDRE.

A Rrestez. Vous, Tyrene auancez.

LYZIDAN.

A quel poinct
Le mal-heur de ce Prince & le mien est-il joint?

TYRENE.

On nous suit.

ALCANDRE.

Qui?

TYRENE.

Seigneur, le Prince de Lycie.

ALCANDRE. (S'auançant à Ceobante.)

La trahison, grand Prince, enfin est éclaircie.

CEOBANTE.

Qu'est-ce? Alcandre; & pourquoy ces Gardes assemblez?

ALCANDRE.

Cenomant est icy.

CEOBANTE

Que mes sens sont troublez!
Qu'entends-je ? ah ! quel mal-heur !

ALCANDRE.

Mais plustôt quelle audace !
Il seduit Doralie, & corromt cette place :
Elle l'ayme, il la voit. Lyzidan, qu'est-ce cy ?

LYZIDAN.

Seigneur, par ordre exprés ie l'ay conduit icy ;
La Princesse en vn mot m'a donné cette charge ;
Et son commandement préuaut, & me décharge.

ALCANDRE.

Ce poinct me regardoit.

CEOBANTE.
Quoy ? mesme vn Lycien ?

LYZIDAN.

I'obey.

ALCANDRE.

C'est beaucoup ; au moins faites le bien.

CEOBANTE.

Cenomant dans ce lieu ? quelle étrange auanture !
Sa perte m'est sensible autant que nôtre injure :
Quoy donc, que doy-je faire ?

ALCANDRE.

Ah! Prince, autant que moy,
Seruir icy la Reine , & luy garder la foy.

CEOBANTE.

De mesme à le seruir cette foy me conuie.

ALCANDRE.

Vn perfide Ennemy ?

CEOBANTE.

Qui m'a donné la vie.

ALCANDRE.

C'est bien obstinément aymer nos Ennemis ;
Considerez la Reine ; & qu'auez-vous promis ?

CEOBANTE.

Trop.

ALCANDRE.

Ne serez-vous point touché de sa disgrace ?
Contre elle quel Demon a suscité sa race ?

M iij

L'Ennemy perd sa Fille ; en estes-vous content?
Sa Fille la trahit ; en ferez-vous autant?
Et bien ; vous le voulez ; le voila dans la place.
Attendrons-nous qu'il sorte, ou bien qu'il nous en chasse?
Si c'est peu de la Fille à ses honteux desseins,
Ouy, mettez luy la Mere encore entre les mains:
Il vous rend vif & libre ; & c'est par vn enuie
De vous ôter l'honneur, qui vaut plus que la vie:
O Dieux ! qu'à ce bien-faict vous estes obligé!
Que sa temerité vous doit rendre affligé:
Vous estes genereux ; & ce Méchant vous trompe.

CEOBANTE.

Non non, ne croyez pas que ma foy se corrompe:
Quelque dessein qu'il ait ; il est Prince, il est Roy;
Ie sçay ce qu'il merite, & ce que ie luy doy.

TYRENE.

Il vient.

ALCANDR.

Retirons nous où nous pouuons l'attendre:
Allons ; vous sçaurez tout.

CEOBANTE.

Ie sçauray le deffendre,

SCENE VI.

DORALIE, CENOMANT.

DORALIE.

Allez ; ie n'entends rien ; sortez ; retirez vous.

CENOMANT.

Ecoutons nous, Madame?

DORALIE.

Helas ! conseruons nous?
Quoy ? venir sans assaut ?

CENOMANT.

En diligence extréme.

DORALIE.

Ie l'auois deffendu.

CENOMANT.

C'est par vôtre ordre mesme.

DORALIE.

Quel ordre

CENOMANT.

Le voila; regardez cét écrit.

DORALIE.

Auray-je, pour le lire, assez d'yeux & d'esprit ?
On nous trahit tous deux ; & par là ie soupçonne
Quelque dessein caché contre vôtre personne :
Ce billet de ma part ?

CENOMANT.

Siné de vôtre main.

DORALIE.

Il me semble en l'ouurant qu'vn fer m'ouure le sein.

CENOMANT.

Ie le tiens d'Arbiran, vôtre Espion fidele.

DORALIE.

Doralie. On mentoit ; ce ne fut iamais d'elle.
Mais lisons : Doralie à son Roy Cenomant.

CENOMANT

Vous deuiez m'épargner, & lire : à son Amant.

LETTRE. (que Doralie lit.)

Ceobante trauaille, & montre vn grand courage.

Venez

Venez en diligence, & prenez bien le temps;
Il me reste à vous voir, pour accomplir l'ouurage,
N'attendez point l'assaut, puis que ie vous attends.

Puis que ie vous attends? moy? Dieux! quelle imposture!

CENOMANT.

Ce nom au bas, du moins est de vôtre écriture.
Ne sortirez-vous point de cét étonnement?

DORALIE.

Ie ne puis; sauuez vous; on vous perd, Cenomant:
Tout est faux, le billet, & l'auteur, & l'affaire;
Nos desseins ont bien pris vne face contraire.

CENOMANT.

Que dittes-vous?

DORALIE.

Sortez, fuyez; c'est dire tout.

CENOMANT.

Me cacher mon mal-heur?

DORALIE.

Le porter iusqu'au bout?

Allez.

N

SCENE VII

CEOBANTE, CENOMANT, DORALIE, ALCANDRE, TYRENE, LYZIDAN.

CEOBANTE.

NON, ie ne puis, c'est en vain qu'on me tente.

CENOMANT.

Encore vn mot. Qu'a fait cét ingrat Ceobante?

DORALIE.

Ce que contre vn rocher vainement & sans fruict
Font les flots, peu d'écume aprés, beaucoup de bruit.

CEOBANTE.

Et tu pourrois, mon cœur, endurer cette iniure?

ALCANDRE. (à Ceobante.)

Vous l'oyez: Auançeons, souffrez qu'on s'en assûre.

TYRENE. (Aux Gardes.)

Vous autres, tenez vous tous prests à l'action.

ALCANDRE. (tirant l'épée.)

Tyrene, par ce fer voy mon intention.

DORALIE. *(voyant Alcandre & Tyrene qui surprennent Cenomant.)*

Ah ! Prince, on vous surprend ; helas ! ie suis perduë.

CENOMANT. *(pris & tenu.)*

Quoy ? perdray-ie la vie ? & sans l'auoir venduë ?

CEOBANTE.

Ce procedé merite vn reproche eternel ;
L'attaque-t'on en Prince, ou bien en criminel ?

CENOMANT.

Qui vous retient, mes bras ?

ALCANDRE.

L'épée, il faut la rendre.

CENOMANT.

Rendre ? Ah ! si ie pouuois....

CEOBANTE

Que l'on l'épargne, Alcandre ;
Respectez sa personne.   Ah ! que de vains efforts ! *Puis s'adressant à Cenomant.*
Rendez vous sur ma foy, puis qu'ils sont les plus forts.

CENOMANT.

Parmy mes Ennemis ie voy donc Ceobante ?
Ingrat, est-ce le fruict d'vne si iuste attente ?

Rends-tu le bien ainsi, qu'on te vient de prêter ?
N'as-tu receu le iour, qu'afin de me l'ôter ?
As-tu iuré ma mort, toy, qui me dois la vie ?
Ta liberté renduë a la mienne asseruie ?
Qui iamais de la sorte a payé des bien-faits ?
Vn mesme iour a veu ces differents effets ;
Ceobante Ennemy me treuue à sa deffense ;
Ie le sauue ; il me perd ; ie l'oblige ; il m'offense.

CEOBANTE

Que vous connoissez mal mon déplaisir secrét !
I'ay de vôtre mal-heur plus que vous de regrét ;
Pour vous monstrer mes vœux & ma recognoissance,
Ah ! que ne suis-ie encor dessous vôtre puissance !
Ma prison me plairoit, i'aurois moins de soucy ;
Que n'y suis-je plustôt que de vous voir icy !
A tous vos interests l'honneur, ma foy me lie :
Mais venir en ce lieu seduire Doralie ?
Ie puis, sans estre ingrat, blâmer vôtre attentat ;
Que ne vous doy-je point ? que ne doy-je à l'Etat !

CENOMANT.

Ie vous rends vôtre foy.

CEOBANTE.

Non, rien ne m'en dispense.

CENOMANT.

Mais i'attends vne grace au moins en recompense.

Qu'à mon rang, qu'à ma perte on ne peut dénier :
Tenez, ie tends les bras, me voila prisonnier ;
Mais pour souffrir ce nom, dont la honte me blesse,
Permettez moy d'offrir l'épée à ma Princesse,
Qu'elle seule ait sur moy ce droict d'autorité ;
Ie ne rougiray point de ma captiuité.

CEOBANTE.

Laissez luy son épée ; il m'a laissé la mienne ;
Ie l'ay pris sur ma foy, ie le mets sur la sienne ;
Ie pretends qu'on le traite ainsi qu'il m'a traité.

ALCANDRE.

Ie regarde ma charge.

CEOBANTE.

      Et moy sa qualité.

DORALIE.

Ouy, cette charge, Alcandre, est belle & genereuse,
Et doit fort auancer vôtre flame amoureuse ?
Vous croyez, par ce Roy que vous auez surpris,
Faire vn grand coup d'Etat, dont ie seray le prix :
Mais, traitre, mais, barbare, apprends que ie
 t'abhorre,
En perdant Cenomant que tu me perds encore ;

Pour sortir de tes mains qu'il me reste vn Tombeau,
Que ie l'épouseray plustôt que mon boureau.

ALCANDRE.

Ah! Madame, ie fay ce que la Reine ordonne,
Et c'est sous d'autres noms, & c'est pour la Couronne.

DORALIE.

Et c'est pour ton amour, & c'est pour tes desseins!
Mais…..

CENOMANT.

Tous ces mouuements sont trop grands & trop vains:
Vos maux & non les miens veulent que ie pâlisse,
Vôtre douleur, Madame, est mon premier supplice;
Et le destin d'vn iour, par qui i'ay trop vécu,
S'il ne vous touchoit point, ne m'auroit pas vaincu:
Mais de vous voir en peine & mêlée en ma faute,
Vous, qui pour y tomber, auez l'ame trop haute,
Vous, dont le Ciel ingrat connoît la pureté;
C'est où de mon destin ie sents la cruauté.
Employez donc ce fer qui reste en ma puissance,
Effacez par ma mort le soupçon d'vne offence;
Ouy, c'est à ce dessein que ie vous l'offre icy:
Vangez vous; perdez moy; l'honneur le veut ainsi.

DORALIE.

Je le laisse en vos mains, pour vous vanger vous-mesme:
Adieu. Vous, cher Cousin, conseruez ce qui m'ayme.

CEOBANTE.

J'auray pour vn Amy, j'auray pour vn Amant
Ce qu'vn cœur genereux conçoit de sentiment.

DORALIE. (Regardant & Ceobante & Cenoman.r)

Enfin souuenez vous, qu'en vos mains ie le laisse.

CENOMANT.

Ie vous entends.

DORALIE. (s'en allant.)

Cachons mes pleurs & ma foiblesse.

CEOBANTE.

Gardes , retirez vous , n'approchez point ce Roy.

ALCANDR.

On le meine à la Reine.

CEOBANTE.

Et ie l'y meine, moy.

ALCANDRE

Le tirer de leurs mains ? ah ! c'est trop entreprendre :
Contre vous nul icy n'oseroit se deffendre,
Ce respect vous est dû , mais, grand Prince , pensez
Que i'agy pour la Reine , & que vous l'offensez.

CEOBANTE.

Cette offense est vertu ; ie veux bien en répondre.

CENOMANT.

Sa generosité commence à me confondre,
Prince, conseruez vous, ne suiuez point mes pas,
Aymez moy tout perdu, mais ne vous perdez pas.

CEOBANTE.

Non, si vous perissez, il faut que ie perisse,
Ie ne recule point, voyant le precipice.

ALCANDRE.

Prince, que faites-vous?

CEOBANTE.

Ie fay ce que ie doy.

LYZIDAN.

Voulez-vous donc perir?

CEOBANTE.

Ie veux garder ma foy:
I'yray de tout, Alcandre, en répondre à la Reine.
Lyzidan, suiuez nous.

ALCANDRE.

Et suiuez les, Tyrene;
Tandis qu'à nos soldats, qu'il en faut auertir,
Ie donne ordre par tout qu'ils ne puissent sortir.

ACTE

ACTE V.

SCENE PREMIERE.

ARTEMISE, CEOBANTE, TYRENE,
HYPERIE.

ARTEMISE.

VOY? vous le retenez? quoy vous l'o-
sez deffendre?

CEOBANTE.

Resolu de perir plustôt que de le rendre:
Ie le rendray pourtant, & dans peu, mais aux siens,
Ou nous mourons ensemble, & tous mes Lyciens.

ARTEMISE.

Allez: c'est-trop souffrir vn excez de licence:
Allez, ingrat, allez; sortez de ma presence.

CEOBANTE.

Ouy, Madame, ie sorts; & ie iure en sortant
De signaler ma foy par vn coup important;
Alcandre.....

O

ARTEMISE.

Que dit-il?

CEOBANTE.

Répondra de l'outrage,
Qui rit de ma vertu connoîtra mon courage.

ARTEMISE.

Comment ? vous menaſſez ?

CEOBANTE.

C'eſt peu.

ARTEMISE.

Sortez.

CEOBANTE.

Ie ſorts ;
Ie parle icy, Madame, & i'agiray dehors.

ARTEMISE.

Qu'à-t'il dit? qu'ay-ie oüy? me craint-il? ſuis-ie Reine?
Empeſchez ſon deſſein.

TYRENE.

N'en ſoyez point en peine;
Que ie meure à vos pieds ſi l'vn ni l'autre ſort:
Alcandre a déja mis tout l'ordre dans le Fort,

Tient en armes chacun; la Garde est renforcée.

ARTEMISE.

Obseruez l'insolent ; il m'a trop offensée.

TYRENE. (s'en allant.)

C'est vn feu de jeunesse , & ie vay l'appaiser.

ARTEMISE.

Ah! Fille! que de maux ton amour va causer!
N'estoit-ce pas assez de me voir assiegée,
Mon Royaume perdu , ma Maison rauagée?
Deuois-je aux derniers maux où mes iours sont soûmis
Conter ma Fille encor parmy mes Ennemis ?
Helas! ce dernier trait me perce iusqu'à l'ame :
S'est-elle pû jetter dans vne indigne flame ?
Receuoir en son cœur , receuoir en ces lieux
Vn Ennemy mortel , sanglant , & furieux ?
S'entendre auecque luy par de sourdes pratiques,
Et joindre ce Barbare à nos Dieux domestiques?
En faire son Idole? ô sensible regret!
Le voir & luy parler , l'attirer en secrét?

HYPERIE.

Madame, n'ayez point de soupçon qui l'offense ;
Permettez , s'il vous plait , ce mot en sa deffense :
Ie n'ay veu Cenomant dans le Fort qu'auiourd'huy,
Qu'vn amour vertueux en elle comme en luy;

I'en suis témoin, Madame, & l'ayant accusée,
Si i'en dèposois plus, vous seriez abusée.

ARTEMISE.

Vn vertueux amour? que i'auois deffendu?
Aymer vn Ennemy, par qui i'ay tout perdu?
L'introduire en ce Fort ? luy liurer cette place ?

HYPERIE.

Sans l'excuser, Madame, écoutez moy, de grace :
Lyzidan Lycien qui le mit dans le Fort,
Qui m'a tout confessé, dit qu'on la blâme à tort,
Qu'il auoit ordre exprés au sortir de la place
De tuer Cenomant sans bruit & sans menace ;
Qu'elle ne l'auoit veu que pour ce seul effect :
Il est vray que l'amour le rendit imparfaict.

ARTEMISE.

Croyons ce qu'il en dit ; mais toûjours elle l'ayme :
Et c'est ce qui m'offense ; ah ! l'iniure est extréme.
Mais ie me vangeray d'elle & de son Amant ;
Ie le tiens, ie le tiens, ce cruel Cenomant :
Royaume desolé, viens vanger, ma Carie,
Ton outrage & le mien, & tant de barbarie :
Arme toy, ma fureur, viens soûtenir mes droicts ;
Commenceons sur ma Fille à les punir tous trois :
Fay la venir ; ie veux me baigner dans ses larmes,
Tandis qu'au Cabinét ie vay prendre mes armes.

Pour estre toute prestre à repousser l'effort
Et l'orage incertain qui menasse le Fort.

HYPERIE.

Madame, épargnez la.

ARTEMISE.   (s'en allant.)

Fay ce que ie commande.
HYPERIE.

Sa faute.... Elle est partie: Ah! que la mienne est grande!
Oseray-je la voir? comment? & de quel front?
Moy, moy, qui luy procure un si tragique affront?
Helas! que de regrets le repentir me cause!
Que de trouble? & i'en suis l'instrument & la cause.
Mais attendray-ie Alcandre? il s'auance à grands pas.

SCENE II.

ALCANDRE, HYPERIE.

ALCANDRE.

T Ous leurs efforts sont vains; ils n'échapperont pas.
Et bien, que fait la Reine?

HYPERIE.

Ah! Seigneur, elle s'arme.

110 LE MAVZOLEE,

ALCANDRE.

Où ?

HYPERIE.

Dans son Cabinét.

ALCANDRE.

Elle a donc pris l'allarme,

HYPERIE.

Elle mande sa Fille ; & ie la vay querir.

ALCANDRE. (seul.)

Suis-je Amant ? qu'ay-ie fait ? ah ! ie deuois perir,
Ouy, ie deuois pluſtôt renoncer à ma flame
Que de luy procurer cette honte & ce blâme :
Songe à ſon deſeſpoir, figure toy ſes pleurs ;
Et penſe, ingrat Amant, que ce ſont tes faueurs ;
Conte tous ſes ſoûpirs, cruel, entends ſes plaintes,
Voy ſon cœur offensé dans ces viues attaintes,
Peints la dans ton eſprit au milieu du tourment,
Qui dit : Voila l'état où m'a miſe vn Amant.
Amant ? Non non, ce titre eſt pour vne Couronne,
Par vn reproche meſme en vain ie me le donne,
Ie le perds ce beau nom aprés ce que i'ay fait,
Je me le donne en ſonge, & me l'ôte en effect :
Quand de ce haut deſir mon ame fut flattée,
Elle n'y monta point, elle s'y vit montée ;

J'accusay ma fortune, & suiuis ses appas,
J'acceptay cét honneur, & ne l'esperay pas,
Mon amour écouta la Reine & sa promesse;
Sans croire par raison d'obtenir la Princesse:
Songe enfin que ce rang ne t'est pas destiné,
Qu'il faut auoir vn Sceptre & se voir Couronné;
Voy comme Doralie est ailleurs engagée;
Voy les maux où l'amour & sa foy l'ont plongée;
Voy le choix qu'elle a fait, libre, mais glorieux;
D'vn Roy, bien qu'Ennemy, grand & victorieux;
Voy la Reine, qui croit sa Fille déloyale;
Voy la combustion dans la Maison Royale;
Voy Ceobante armé pour maintenir ce Roy;
Voy tous ses Lyciens reuoltez contre toy.
Quoy? par là mon ardeur est-elle diuertie?
Mon honneur, mon deuoir, quitez-vous la partie?
Abandonner la Reine en ce coup important?
Va les perdre plustôt. Ne le fay pas pourtant:
Croy tu seruir la Reine, en perdant sa Famille?
Voy le bien de l'Etat, voy le bien de sa Fille;
Ouy, pour la mieux seruir, contre son propre vœu,
Épargne donc sa Fille, épargne son Neueu;
Et puis que Cenomant veut rendre la Prouince,
Pour le bien de l'Etat épargne encor ce Prince.
Tu les peux perdre tous, resous-toy seulement:
Sauue les tous plustôt, suy ce bon mouuement;
Amoureux de l'Etat, non plus de la Princesse,
Sauue luy son Royaume: ô penser qui me presse!

LE MAVZOLEE,

Le feray-je, mon cœur ? ne le feray-je pas ?
Amour, honneur, deuoir, que d'étranges combats!
Mais la Reine paroît, elle vient toute armée
Autant que de valeur de colere animée.

SCENE III.

ARTEMISE, DORALIE, ALCANDRE, HYPERIE.

ARTEMISE.

Vos pleurs & vos raisons sont foibles en cecy,
La mienne est de le perdre, & vous punir aussi:
Aymer vn Ennemy ? vous l'osez ? quelle audace!
Quoy ? Ceobante armer, contre moy ? dans la place ?

DORALIE.

Il m'ayme, ie le souffre, & pour vn plus grand bien.

ARTEMISE.

Ah! quel bien ? c'est le vôtre, & ce n'est pas le mien,
Alcandre, que fait-il, ce Vaillant, ce Rebele ?

ALCANDRE.

Ce que pour vn Amy fait vn Amy fidele.

ARTE-

ARTEMISE.

Couurir son attentat de ce nom specieux?
Quoy? nous aymoit-il moins? qu'il est officieux!

ALCANDRE.

Il soûtient vn Amy.

ARTEMISE.

       Contre moy? que luy suis-je?

ALCANDRE.

Moins que l'honneur, & moins que sa foy qui l'oblige.

ARTEMISE.

Mais qu'entends-je? quel bruit!

HYPERIE.   (arriuant.)

       Madame, il est fort grand:
On nous vient d'auertir que le combat se rend,
Que le Prince est aux mains.

ARTEMISE.

       Le Rebele! ah! le traitre!
Voyons contre ce fer s'il osera paraître.

ALCANDRE.

Madame, ce n'est rien; ne vous exposez pas;

Il se fait du bruit derriere le theatre, & Hyperie arriue.

P

Ne rendez pas mortels quelques legers combats ;
Ce sont coups de chaleur, vn tonnere sans foudre
Laissons passer ce vent qui fait vn peu de poudre.
Perdrez-vous vn Neueu ?

ARTEMISE.

Perdray-je mon pouuoir ?
Allons, allons ranger l'impie à son deuoir.

ALCANDRE.

Ne precipitons rien ; il ne peut entreprendre ;
Il est parmy les siens, mais c'est pour se deffendre :
Madame, donnez luy, sans le desesperer,
Le temps de voir sa faute, & de la reparer :
I'ay laissé contre luy mon Lieutenant Tyrene,
Qui l'obserue, & qui tient nos soldats en haleine.

ARTEMISE.

I'employ'ray donc ce temps à me plaindre de toy,
Fille, qui nous trahis, fille ingrate & sans foy.

ALCANDRE.

Ah! cessez ; plaignez vous d'Alcandre, & non pas d'elle,
C'est moy qui suis le traître, & qui suis l'infidele.
Madame, il n'est plus temps de rien dissimuler ;
Nos maux & vos douleurs me forcent de parler :
Non non, n'accusez point cette sage Princesse,
Le Prince, ni ce Roy ; c'est moy, ie le confesse.

Ouy, c'est moy qui causay ce desespoir entr'eux,
Ie suis le plus coupable, & le plus mal-heureux;
De moy vient le desordre, & de ma tromperie:
Un billét contrefait, de la main d'Hyperie,
Pour faire dans ce lieu reuenir Cenomant,
A causé tout ce trouble, & tout l'euenement:
Ah! Princesse innocente, & trop peu reuerée,
Puny ma trahison par ma bouche auerée,
Lâche ce coup de foudre, il est trop balancé,
Ie l'attends, iuste Ciel, il dût estre lancé.

à Doralie.

ARTEMISE.

Croiray-je ce qu'il dit ?

DORALIE.

Croyez mon innocence,
Dont vous aurez, Madame, entiere connoissance,
Et que ie n'auois veu Cenomant dans le Fort
Qu'à dessein de le perdre, & luy donner la mort.

HYPERIE.   (bas.)

Dieux! qu'a-t'il d'écouuert ? à peine ie respire.

ARTEMISE.

Ah! que de trouble! Alcandre! Il se tait, il soûpire.

ALCANDRE.

Que tarde vn coup du Ciel? viens, vange en vn moment

La Reine, son Neueu, sa Fille, & Cenomant :
Mais n'implorons que moy ; sus, il se faut resoudre ;
Viens me seruir mon bras, & de Ciel & de foudre.

ARTEMISE.

Où court ce Furieux ? Arrétez, arrétez ;
Tirez moy de ce trouble, en ces extremitez.

ALCANDRE.

Ah ! Madame, voyez comme le Ciel conspire
Pour le bras qui vous ôte & vous rend vôtre Empire ;
Ie parle contre moy, pour l'Etat seulement :
R'appellez Ceobante, acceptez Cenomant.

ARTEMISE.

Vn Ennemy ?

ALCANDRE.

Ce nom par vn plus doux s'efface ;
Il aymé, il est aymé.

ARTEMISE.

Que faut-il que ie fasse ?
Tout me nuit, contre moy tout semble conjuré.

DORALIE.

Mais plustôt tout vous montre vn chemin asseuré.

ARTEMISE.

Ah! ma Fille!

DORALIE.

Ah! Madame!

ARTEMISE.

En ce combat étrange
Où faut-il haine, amour, honneur, que ie me range?
O Nature! ô mon sang!

DORALIE.

Ouy c'est de ce côté.

HYPERIE.

Mais que voudroit Tyrene? il vient d'vn pas hâté.

***

SCENE IIII.

TYRENE, ARTEMISE, ALCANDRE, DORALIE, HYPERIE.

TYRENE.

Ovy, ces coups de valeur excedent la pensée.
Tout est perdu, Madame, & la Tour est forcée,
Ceobante est dedans auecque Cenomant.

P iij

ARTEMISE.

Courons y.

TYRENE.

C'est en vain.

ARTEMISE.

Courons y promtement.

TYRENE.

Quelque si promt secours, & quelque force humaine
Qu'on puisse faire agir, toute assistance est vaine :
Ah ! si quelque valeur nous pouuoit secourir,
Ce bras sçait attaquer, & ce cœur sçait mourir ;
Mais il n'est plus besoin ni de mon bras ni d'autres.
J'obseruois Ceobante auec un gros des nôtres,
Les desseins, sa posture, & tous ses mouuements,
Selon l'ordre d'Alcandre, & vos commandements :
Quand j'ay veu tout à coup leurs troupes diuisées
Et se fendre, & tenir deux diuerses brisées ;
Cenomant, qui commande un Gros de Lyciens,
Marche, donné à la Tour ; & Ceobante aux miens :
Il se fait entre nous vne rude mélée ;
Tous montrent à l'enuy leur valeur signalée,
Chacun donne, ou reçoit, ou s'auance, ou soûtient ;
Tout me fuit ; & tout plie où Ceobante vient,
Il combat en Lyon, pas un ne l'ose attendre.

Quand vn cris de la Tour enfin se fait entendre
Les miens sont effrayez, & i'y tourne les yeux;
Que voy-je? est-il croyable? ô sort prodigieux!
La Tour estoit gagnée, & la garde deffaite;
Lyzidan au dessus crioit à la retraite;
Cenomant à l'entrée, & sur vn tas de corps,
Immoloit les derniers à ses derniers efforts;
Le Prince soûtenu s'y jette & s'y retire:
Tous nos soldats sont froids; on s'étonne, on admire;
I'anime & presse en vain leurs courages ardents;
Ils ne m'écoutent plus; les autres sont dedans.

ARTEMISE.

O lâcheté des miens! ô trahison insigne!
Mais allons reparer leur action indigne.

TYRENE.

Madame, c'est en vain, ie vous l'ay déja dit.
Quelque peu dans la Tour que l'on se deffendît,
Outre qu'elle commande, & qu'on sçait qu'elle est forte,
Ils pouroient faire entrer du secours par la porte;
Et moy-mesme i'ay veu visitant nos fossez,
Vn bataillon des leurs qui s'approchoit assez.

ARTEMISE.

Doncque la Tour est prise, & la porte est gagnée?
Et ie n'ay pas contre eux ma valeur témoignée?
Ie suis tombée, Alcandre, en ce honteux état

Par vos facilitez, & par leur attentat :
Mais allons....

ALCANDRE.

Où, Madame ? en ce peril extréme
Je vay vous conseruer, ou me perdre moy-mesme ;
Demeurez, s'il vous plaît ; & vous, Tyrene aussi,
Et pour garder la Reine, & pour deffendre icy.

Il s'en va.

ARTEMISE. (à sa fille.)

Et bien, ils ont la Place, & vous l'auez donnée :
Sont-ce là les apprests d'vn si noble Hymenée ?

DORALIE.

Croyez moy, quoy qu'on puisse accuser Cenomant,
Sous le nom d'Ennemy toûjours il est Amant ;
S'il a forcé la Tour, s'il a gagné la porte,
Et si de nos soldats vne partie est morte,
Ce qu'il a fait contre eux estoit pour se sauuer,
Moins pour nous perdre enfin que pour se conseruer ;
S'il attaque, ce n'est qu'afin de se deffendre,
Et s'il nous a pris tout, il viendra tout nous rendre :
Aymez le seulement ; & i'engage ma foy
De vous rendre la Place, & le Camp, & le Roy.

ARTEMISE,

Vous promettez beaucoup.

DORA-

DORALIE.

Il fera plus encore ;
Ie sçay bien à quel poinct il m'ayme, & vous honore.

HYPERIE.

Mais voicy Lyzidan.

SCENE V.

LYZIDAN, TYRENE, ARTEMISE, DORALIE, HYPERIE.

LYZIDAN. (Aux pieds d'Artemise.)

Qvi demande à genoux
Vne grace, Madame, & pour vous & pour nous.

TYRENE.

Ose-t'il bien paraître aprés sa perfidie ?

LYZIDAN.

Ceobante, Madame, & le Roy de Candie
Amenez par Alcandre, attendent sûreté,
Et l'honneur de parler à vôtre Majesté.

Q

ARTEMISE.

Quelle autre sureté plus grande & plus certaine
Alcandre les conduit; receuez les , Tyrene.
O Dieux ! quelle surprise !

(Tyrene s'en va.)

DORALIE.

Enfin vous treuuerez
Vn remede à nos maux les plus desesperez.

ARTEMISE.

Remede ? ah ! c'est vn mal que le bien que l'espere
Parlez ; pour vous oüir ie suspends ma colere :
(A Lyzidan.)
Quoy ? n'entrer pas ? s'ils ont & la porte & la Tour
Qu'est-ce qui les retient ?

LYZIDAN.

Le respect, & l'amour
Ouy, le respect pour vous, l'amour pour la Princesse
Ont vaincu les Vainqueurs, font que la guerre cesse
Sur le temps du combat, parmy ces grands efforts
Où les coups s'entendoient & dedans & dehors ;
Ceux qu'en entrant icy, sans dessein de surprendre
Cenomant fit cacher , & qui deuoient l'attendre,
Voyant la porte ouuerte & le quartier forcé ,
Paroissent à ce bruit sur le bord du fossé.
Cenomant rendu Maître , au deuant de la porte
Qu'aucun n'entre , dit-il , que personne n'en sorte,

TRAGICOMEDIE. 123

Mon respect, mon amour ne le permettent pas,
Et l'vn & l'autre enfin sont plus forts que mon bras.
Il dit ; on obeit, il faut qu'on y consente ;
Quoy qu'à sortir au moins le porte Ceobante ;
Il r'entre, Enfin suiuons le destin de ce iour,
La force a fait beaucoup, laissons faire à l'amour ;
Allons voir, luy dit-il, la Princesse & la Reine ;
Releuons leur espoir. Cela dit ; il l'emmeine ;
Aprés auoir laissé des forces dans la Tour
Ou pour leur asseurance, ou bien pour le retour ;
Et quoy que les plus forts, tous deux d'vne ame haute,
Compagnons de vertu, compagnons dans la faute
Ils viennent genereux, d'vn vœu determiné,
Ou mourir, ou fléchir vôtre cœur obstiné.

DORALIE.

Connoissez-vous le leur ? cette action le montre.

LYZIDAN.

Prés du Palais Alcandre en a fait la rencontre :
Ils se sont embrassez ; tous trois viennent icy.

ARTEMISE.

Trois, pour combatre vn cœur ? ah ! c'est trop.

HYPERIE.

Les voicy.

***

SCENE DERNIERE

ALCANDRE, ARTEMISE, CENOMANT,
CEOBANTE, DORALIE, LYZIDAN,
HYPERIE, TYRENE.

ALCANDRE.

Voyez comme le Ciel en peu de temps trauaille
l'ameine sans effort, sans combat, sans bataille,
A vos sacrez genoux deux Princes animez,
Que vôtre seul respect, Madame, a desarmez.

ARTEMISE. (Voyant Cenomant à genoux*

Vous m'offensez, grand Roy, cét état me fait hon

CENOMANT.

C'est en ce seul état qu'il faut que ie vous domte
I'ay par tous les moyens cherché vôtre amitié,
Et voicy le dernier, ie l'attends par pitié;
Ce que n'ont pû les feux, ni le sang, ni les armes,
Vn doux effort le peut, & c'est celuy des larmes:
Mais pour ne rendre pas mon courage suspect,
Ce sont larmes d'honneur, & larmes de respect,
Par qui mon cœur muét parle sur mon visage;
C'est la premiere fois que i'en treuue l'vsage;
Ce ne sont pas des pleurs que l'honneur nous deffend

Ie pleure ma victoire, & pleure en triomphant ;
Ie fay, mais dans l'honneur, ce qui nous deshonore ;
Et c'est pour vous flechir, & c'est combattre encore ;
Souuent pour les Vaincus les Vainqueurs ont pleuré,
Qui sans honte le fait n'est pas deshonoré.
Prenez pour vos sujets, prenez pour la Carie,
Prenez pour mon amour, prenez pour ma furie,
Pour vos pertes, vos soins, vos maux, & vos malheurs,
Ce qui vous rendra tout ; la gloire de mes pleurs.
Voila comme en ce lieu ie viens vous satisfaire,
De tant d'efforts cruels par un effort contraire ;
L'œil paye icy le sang que le bras a versé :
Mais comme ce ruisseau coule d'un cœur percé ;
Puis qu'on ne doit payer un sang que par un autre ;
Les pleurs sont sang du cœur ; prenez le pour le vôtre ;
Et croyez que ce sang qui coule de mes yeux,
Comme il me coûte plus, vous est plus glorieux ;
Qu'il m'est plus difficile, & marque mieux mes peines,
Que de tirer d'un coup tout l'autre de mes veines ;
Et que pour reparer tout le mal enduré,
C'est vous vanger assez, de dire : Il a pleuré.

ARTEMISE.

Que sents-je ?

DORALIE.

Il l'attendrit

LE MAVZOLÉE,

CEOBANTE.

              Ce peu d'eau qu'il vous donne
Vous rend tous vos Sujets, vous rend vôtre Couronne,
Ce peu d'eau genereuse à son crime effacé,
Laue vne mer de sang que son bras a versé,
Etaint l'embrasement des Châteaux & des Villes,
Et va rendre par tout vos campagnes fertiles,
Rafraichir vôtre cœur, noyer vôtre couroux :
Que ce peu d'eau, Madame, enfin nous sauue tous.

ARTEMISE.

Qui l'eust creu ? Cenomant m'attaque par des larmes
Ah ! qu'elles ont de force ! ah ! qu'elles ont de charmes
Comme les goûtes d'eau penetrent vn rocher,
Mon cœur est amolli que rien ne pût toucher :
Ouy, grand Roy, l'action est si forte & si belle,
La generosité m'en paroît si nouuelle,
Qu'au lieu de me vanger, mon esprit combattu
Louë en secrét vn mal qui finit en vertu :
Qu'vn doux calme va suiure vn si sanglant orage !
Qu'vn peu d'eau fait cesser de trouble en mon courage

CENOMANT.

Donc, ô moment heureux ! ce grand cœur offensé
Se relâche, & se rend quand ie l'ay moins pensé ?
C'est icy, c'est icy, le vray coup de ma gloire ;
Oublions mes combats ; c'est icy ma victoire :

Pour vaincre ce grand cœur, ô prodige nouueau !
Rien ne l'auoit pû faire, il ne faut qu'vn peu d'eau :
O belle eau triomphante ! ô glorieuses larmes !
Vous estes aujourd'huy plus fortes que mes armes.
Armes des mal-heureux, instruments de pitié,
Vous chassez le couroux, domter l'inimitié,
Et faites beaucoup plus que le fer & les flames ;
Leur force est sur les corps, & vous forcez les armes.
Mais, pour bien acheuer ce miracle d'vn iour,
Aux armes de pitié ioignons celles d'amour :
Dedans ces mesmes yeux voyez, belle Princesse,
Vn deluge de feux alors que l'autre cesse ;
Que l'vn & l'autre gagne, ô miracles d'vn iour !
La Mere par pitié, la Fille par amour.

ARTEMISE,

Vos generositez, vostre amour exemplaire,
Grand Roy, vous ont acquis & la Fille & la Mere.

CENOMANT.

Que de felicitez ! O Dieux ! où sommes-nous ?
Qu'en luy baisant la main i'embrasse vos genoux !

DORALIE.

O mon cœur, que de joye aprés tant de tristesse !

CEOBANTE. [à Artemise.]

Pour mieux goûter, Madame, vne telle allegresse,
Pardonnez mes transports, & tous mes feux passez.

ARTEMISE.

Ses pleurs les ont étaints, & les ont effacez.
Lyzidan, prenez part à la grace commune.

DORALIE.

Vous de mesme, Hyperie.

HYPERIE.

O faueur! ô fortune!
Ce pardon sans le Ciel ne pouuoit nous venir.

ALCANDRE.

Madame, il reste encore à vous ressouuenir.

ARTEMISE.

Dequoy?

ALCANDRE.

Pour dégager & vous & la Princesse,
Qu'elle doit estre à moy, suiuant vôtre promesse.

ARTEMISE.

Qu'elle doit estre à vous?

ALCAN-

ALCANDRE.

> Par les loix du serment,
Depuis qu'entre vos mains t'ay remis Cenomant.

DORALIE.

Que dit-il ? dans le port, quoy ? ferois-je naufrage ?

CEOBANTE.

Vous ne l'y mettez pas : c'est moy.

CENOMANT.

> C'est mon courage.

TYRENE.

Que deuons-nous attendre encor de tout cecy ?

ALCANDRE.

C'est moy, qui l'ay conduit & fait venir icy,
Ouy, ie l'ay fait entrer ; interrogez l'Esclaue :
Mais ne vous troublez point.

CEOBANTE.

> Quoy ? qu'vn sujét nous braue ?

R

ALCANDRE.

Là parole des Rois ne se peut retracter,
C'est la foy, qui les lie & les fait respecter:
Pour dégager la vôtre en faueur de ces Princes,
En faueur du Royaume, & de tant de Prouinces;
Puis que mon desir cede au rang de Potentat,
Que ie n'ay rien aymé si fort que vôtre Etat,
Pour en laisser, Madame, vne eternelle marque,
Et seruir à mon tour ce genereux Monarque,
Permettez moy d'offrir la Princesse à ce Roy;
Ie tiendray tout de luy; qu'il la tienne de moy.

ARTEMISE.

Que ce discours me plaît!

DORALIE.

      A la fin ie respire.

ARTEMISE.

Prenez la de ses mains, & des miennes l'Empire.

CENOMANT.

La fin de ce discours me redonne la voix: (trois
Reine, Alcandre, mon Cœur, que vous doy-je à tous
Que ne vous doy-je pas, genereux Ceobante?
De vous ie tiens ma vie, & ma gloire presente;
Et i'atteste le Ciel, & ie vous iure à tous

TRAGICOMEDIE. 131

Que ma gloire, ma vie est moins à moy qu'à vous,
Mais d'autant que le iour & la clarté s'efface,
Attendons à demain le General Pharnace,
Il vous rendra pour Rhode un hommage nouueau.

ARTEMISE.

Goûtons ce que la paix a de doux & de beau,
Tant de trauaux finis auecque la iournée
Nous portent au repos, & puis à l'Hymenée;
Mauzole, voy ma ioye, & ne t'offense pas
Si ce dernier plaisir deuance mon trépas.

F I N.

Extraict du Priuilege du Roy.

PAr grace & Priuilege du Roy, donné à Paris le 2.
Decembre 1641. Signé, Par le Roy en son Conseil,
DE MONCEAVX, Il est permis à TOVSSAINT QVINET,
Marchand Libraire à Paris, d'imprimer ou faire imprimer,
vendre & distribuër vne piece de Theatre, intitulée, L'Ar-
themise ou le Mauzolée, Tragicomedie, durant le temps & es-
pace de cinq ans, à compter du iour qu'il sera acheué
d'imprimer. Et defenses sont faites à tous Imprimeurs,
Libraires, & autres, de contrefaire ladite piece, ny en vendre ou exposer en vente, à peine de trois mil liures
d'amende, de tous ses despens, dommages & interests,
ainsi qu'il est plus amplement porté par lesdites Lettres,
qui sont, en vertu du present Extraict, tenuës pour bien
& deuëment signifiées, à ce qu'aucun n'en pretende cause d'ignorance.

Acheué d'imprimer pour la premiere fois
le dernier Mars. 1642.

Les Exemplaires ont esté fournis.

www.ingramcontent.com/pod-product-compliance
Ingram Content Group UK Ltd.
Pitfield, Milton Keynes, MK11 3LW, UK
UKHW022043070726
13613UKWH00002B/645